催枪问谁·叁

慕容无言，剑网 3 项目组 著

新 星 出 版 社　NEW STAR PRESS

序

西山居副总裁、《剑侠情缘网络版叁》制作人　郭炜炜

我一直觉得出版《剑网3》官方小说是一种奢求，这几乎已经是多年的执念了。

今梦想成真，幸甚幸甚。

在开始做《剑网3》的时候，我便踏上了一条寻"侠"的漫漫长路，也没有想到这一路走来就是十二载。

最早进入游戏行业时就发现网络游戏中的剧情并不简单，因为在网游中根本没有主角这个概念！以前喜欢的武侠小说也好，电视剧也好，单机游戏也好，都是以具体故事形式展现给观众，让读者与主角感同身受，全部情感也都寄托在主角身上，通过曲折的故事线和情感交错让人对整个江湖浮想联翩。但主角叙事的方式却无法带入到网游世界里，因为在这个武侠世界中，玩家成千上万，没有谁是真正的主角，没有绝对的你错我对，甚至没有小说中那么分明的善恶。也许"侠"是种很微小的体验，对于网络游戏中的每个玩家而言，"侠"都是不同的。在网游里的武侠是去体验设计好的故事呢，还是和别的玩家一起去创造自己的故事呢？没有人能说得清楚这两种方式哪种更迷人，我也相信各有各的独特与精彩。

但很多时候，网络游戏更加注重的是玩家间的互动，这导致大家都忽略了游戏本身如何让玩家去了解这个武侠世界的"扮演规则"！在初期创建《剑网3》这个江湖的时候，我们推出了很多不同的势力（这些势力有的变成了门派），也是因为这些势力让游戏世界的武侠元素逐渐丰富起来。创建这些江湖势力时，最有趣的部分就是挖掘这些势力和对应人物的信仰。可以说就是由这些势力和人物的信仰组成了《剑网3》江湖基础的骨骼经脉。

在过去几年中，我在面试新人设计师时最常问的一个问题就是："你觉得超人和我们中国武侠中的大侠有什么不同？"其实这个问题问的是对东西方"英雄"文化差异的解读，没有标准答案。但作为华人，我们能清楚地分辨出这个是武侠，而那个是超人，无论在影视、小说还是游戏作品中，因为这些都是中国文化的点滴，被深藏在我们心底。

  天策的金戈铁马，铁骨铮铮；
  少林的古案青灯，舍身入世；
  丐帮的幕天席地，逍遥坦荡；
  长歌的剑胆琴心，相知莫问；
  ……

这十二年来寻侠的路上并不孤单。我能和大家一起创建《剑网3》江湖和其中形形色色的人物与故事，完全得益于中华海纳百川的文化和源远流长的历史，这些才是我们最宝贵的财富。

我希望通过《剑网3》系列人物传记小说的出版，能对这个江湖中的部分角色诠释一二，也希望能有更多极具才华的玩家参与其中，一起构建这个几乎永无止境的武侠世界！

武侠是个广阔的永恒话题，任何一部作品都难免以偏概全去探其本质。但我希望玩家也好，读者也罢，都能在《剑网3》的世界中找到一处属于自己的江湖——因为这江湖早已流淌在我们血脉之中！

《催枪问谁·叁》序

西山居副总裁、《剑侠情缘网络版叁》制作人 郭炜炜

杨宁就是杨林。书里的他,是天枪;现实中的他,是《剑网3》3D引擎第一人。

第一次见到杨林是在2004年的夏天。夏天的珠海特别热,那个时候刚刚加入西山居的我喜欢晚上留在公司吹着空调玩游戏,但总会见到一个程序员留到半夜。晚上的西山居小楼格外安静,噼里啪啦敲代码的声音特别清脆。

"你好,我叫杨林,杨家枪法六十七代传人。"

"我学的专业是烧锅炉,程序是自学的,我负责《剑网3》引擎程序。"

戴着眼镜,头发凌乱,瘦高瘦高的他很自信地说。

公司在2003年定下了"剑侠三部曲"的战略目标,此时《剑网3》由杨林负责3D引擎的研发工作。公司的目标是做世界领先的国产自主研发3D引擎,我们成了国家"863计划"

中唯一的游戏项目。2004年，我毕业后加入西山居，与杨林结缘，寒暑无间，一转眼与之同行十三年。

"你的枪呢？为何在这里舞刀？"

"杨家的枪法不能轻易让你们见到！"

这不是武侠桥段的对话，这是我第二次跟杨林的对话。在老金山楼下的篮球场，夜深人静时总有一个人在那里舞刀，这是那个时候别人告诉我的，有一天我好奇地去看谁会在软件公司的篮球场舞刀，于是我们俩有了如上那段对话。

"要么是骗子，要么是天才！"

这是中国程序第一人求伯君对杨林的评价。

"金山最大的忽悠就是《剑网3》明年能上线！"

这是求总在2006年以后每年年会对我们的评价。金山每年的"十大忽悠"我们包揽第一。

开始的时候我们并不知道世界有多大，也不知道世界领先的3D引擎是如何模样，其实想想，不知道自己不知道反而不会成为压力。每每想到只有几个人的团队就开始做世界领先的3D游戏引擎，真无异于在凌烟阁前只有一把雪月枪却要面对狼牙雄兵百万。

"这个角色叫杨宁，他注定是个悲情英雄，他是天策府总兵教头。平民出身的他，历尽艰辛，一身武艺只为报效国家。"

这是我创造杨宁这个角色的时候写的。并非科班程序员出身的他不就是平民出身吗？天策府中高手如云，杨宁是比别人努力，还是比别人更有天分？在我看来都不是，而是天底下最厉害的事情都在于你心里是否有能种下参天大树的种子，种子在合适的土地里开始萌芽后，风吹雨打就如同浇灌一样平常。

"哪怕再花十年,前进一步也是值得的!"

"也许今天的引擎表现还不能领先世界,但是《剑网 3》重制版必须让玩家看到我们的进步!"

这是我前不久在硅谷时,在杨林负责的研发中心对他说的。只要带着梦想的种子还在心里,我们的引擎一定会走向世界,我坚信。

引 子

  风贴着地面卷起，扫过青草的叶尖，将期待中的蒲公英打散，数十枚孤单的种子挺起胸膛，腾起扑向夜空。此一去，千山万里、寒霜雨雪，也无法回头。
  繁星之下，山川静寂。
  单纯而倔强的少年肩扛长枪，站在山顶，俯瞰沉寂山河，仰望漫天星斗。前路漫漫，他身无长物，形容孤寂，好在有长枪做伴，一路不离不弃，这杆枪注定要陪伴他一辈子。需要自己走的路，无人能替，需要亲手去做的事，无可代劳。因为你的命运，终不会受人左右。
  野心蓬勃的少年在数百里之外，立于庭院中，将弦从弓上卸下塞进箭囊，石桌上油灯被他挑亮。一块绢布在桌上铺展开，那是一张用炭笔勾勒出的地图。图上峰峦、关隘、草场星罗棋布。他伸出食指沿着图上描绘的山脊、河流缓缓移动，默默将千里河川纳入心中。终有一天，他会让这图上每一寸土地都遵照他的号令，让地上每一个部落都奉他为神明。

寂寞惆怅的少年带着酒提，登上长安城慈云寺砖塔之顶，先斟满一盏美酒高高举向明月，再举另一盏酒到唇边一饮而尽，长安城火树银花满城繁华，从塔下一直延伸到目光不可及的尽头，其中却无一物属于他。寂寞最是繁华处，无人牵记无人识。

夜幕万里，无数良人不眠。

刘梦阳立在窗前，将布巾披在肩头，仰望着月色呆呆出神，桌上一碗早已放凉的汤药就摆在手边。

丁君坐在寒铁球中双目微闭，眉头紧皱，在球外地面薄薄一层冻气上，凝结出片片冰凌之花。

艾黎、凤瑶与白小荆依次走进苗疆深处的谷口，向前再行不远就是五毒教总坛。走在最后面的白小荆转过身，向着北方使劲招了招手，做了几遍"随我来"的手势，她要把代卡的灵魂带回家。

缘娘轻轻缓缓地从枕边人环抱中脱出，蹑手蹑脚走到桌前，先侧耳静听了片刻，继而悄悄捏起毛笔在案头纸签上写下几行字。搁下笔借着残灯，小心浇上火漆封好，捏起剑南节度使衙门的行章戳实了，放进桌上漆盘中的一堆文书里，又用手混拨了一下。

曹炎烈站在北邙山上回望来路，眉头紧皱，看了一眼手持的残破铁戟，运起右臂将它远远抛开，转身大踏步翻过山脊，一路向北而去。

唐小婉一身寻常农妇打扮，头戴斗笠，一手高举灯笼，扬鞭催赶驴车在村落小路间急行，车后是唐傲天仰头靠在草堆上，用一块旧毛毡盖住腰部以下，他双目紧闭，面色惨白。

这寻常的夜色中，太多人做了太多普通的事情，普通到无人为此铭刻，无人为此书记。几乎所有人都认为，这不过就是江湖人寻常一生中普通的一天，所有人都会在这样一天一天的乏味日子中老去、消逝。或者成为尘土，或者成为传说。

直到二十年后的那一刻，皇皇大唐在一夜间倾覆，江湖浸染在厮杀与纷争中，无数美好过往只能存在于怀念中，再不能重现。人们才会慢慢地回忆起，也许当年就是这些、那些看起来再普通不过的事情，预示了大唐的崩碎。百尺重楼、琼楼玉宇，在雕梁画壁之间，早有裂缝在蔓延滋生。夜空下的少年们，亲手堆砌起一个灿烂雄伟无与伦比的大唐，却又无力阻止它跌落进火焰中化为灰烬。

宿命如轮，缓而不歇。

庶人的生死，早就在冥冥中被注定。

第一章

环州城北一百二十里,壶口关。

山势如壶,吞抱平川。关如壶口,塞谷而立。

箭楼上唐旗高挂,下摆悬垂。南城门的吊桥缓缓降下,桥头重重砸在护城沟的另一边。随着城头上一声吆喝,牵马的骑将带领一百名唐军跨出城门,这队唐军身披战袍手持兵器,并数辆运载盔甲辎重的大车,缓缓走出城门。

这支唐军出城后并未远去,而是列队于城下,齐齐仰头上望。城头上,老将军王悔与副尉申屠笑并立在垛口之后,目送袍泽们远行。城下为首的骑将长叹一声,将长枪狠狠往地上一戳,回身发令道:"兄弟们听好,军令不可违,但军心不可欺。咱们不能就这样走了!大伙都把军器与铠甲卸下,留给城里剩下的兄弟们用!"

兵甲是士兵的第二条命,一副好兵甲在手,重金不易,战场上从来没有神佛护体，敌人一刀砍落，衣甲薄厚就是生死之别。可军兵们却轰然答应，将所持兵刃整齐堆放在装运盔甲的大车旁边，再排成队列，望向城头。骑将用力抱拳，吼一声："老将军保重！"

一百名军士扯开喉咙高喊着："保重！保重！保重！"

喝喊声直冲云霄，震颤得檐下铁马都跟着鸣响起来。

老将军王悔与申屠笑肃然挺胸，叉手向城下还礼，目送众人转身南行，向环州方向而去。

一直到望不见那支队伍的认旗，王悔手捋胡须，就要下城，申屠笑却抢先一步挡在王悔身前，急声道："老将军！事有蹊跷啊，这都是第五封火签了！那姓安的狼子野心，您要认真提防啊！"

王悔瞪了他一眼，沉声道："这不过正常换防而已，你休得胡乱猜忌，扰乱军心！"

申屠笑神色一敛，向后退了半步，却并没有像往常一样俯首退开，而是坚定的挡在王悔身前。"末将敢问将军，若是正常换防，怎会只调出而无调入？将您麾下百战部曲抽调一空，这是何意？再敢问将军，壶口关守军编额八百人，而今十不存一，此时若有杂胡来犯，当如何应对？"

王悔转头望向城外，壶口关卡在两山之间，地形险要，是出塞的必经之路，也是卢龙节度使辖下五处捉守要地之一，这几天随着大队兵马调出，城内的确是安静了许多。而只调出无调入这件事情，所有人也都看在眼里。方才在城下，就是奉调离开壶口关的那一队袍泽，他们实在放心不下，才不惜违背军规，将所用兵甲留给剩余兄弟，以备万一。

若说防守单薄，此刻的壶口关就如同一张棉纸，轻轻一戳就能杵个窟窿。但更危险的并不是关防，而是军心。若军心犹在，纵然划地而守，亦敢为之；若军心不在，空有高墙床弩，只怕也是一鼓而散的结局。可这一张张火签，调走的并非只是百战精锐，余者的敢战之心，也跟着火签走了。申屠笑虽然只是个兵头将尾的副尉，但他说得没错，王悔一辈子在沙场中摸爬滚打，亲手砍下的头颅摞起来比城门都高，他又岂能不知？

军令如山，先压住的是自己人。

又有谁乐意去打一场无援之战。

王悔远眺不语，申屠笑索性也大着胆子站定脚跟，直视他的面庞，绝不退让。

良久之后，王悔忽然抬起手臂，遥指远处道："你看，援兵来了！"

申屠笑闻言一愣，忙扑上垛口手搭凉棚，向王悔所指处望去，只见大路尽头一个少年手提长枪，逆着光，缓步朝城门走来。

王悔喝道："备马！我去迎接援兵！"

申屠笑看着他腾腾腾大步迈下城楼，愤然道："那……那也算是援兵？他就一个人啊……他连匹马都没有！"

杨宁立在大道上，远远看着城门大开，一匹枣红马载着一位青袍白须老兵，四蹄张开尘土飞扬，独身直奔自己而来。

战马驰到杨宁身前，王悔勒住坐骑跃下马鞍，抱拳问道："少侠如何来此？"

面对陌生人的发问，杨宁本能的心设提防，他想了想，还是如实答道："哪有什么少侠，我是囚犯杨宁，发配环州！"话是实话，可他全无一般配犯常见的谄媚与畏惧，不但说话的语气生硬，两脚岔开站着，歪头看向王悔，身形如同一棵独自扎根在茫茫沙海中的红柳树。

王悔端详杨宁片刻，缓缓问道："既是如此，敢问少侠从何处而来？"

"长安。你想做什么？直说吧。"

面对杨宁明显的敌意，王悔面色依然平静，却挺胸抬臂，工工整整地抱拳向杨宁行了一礼："老朽有事相求于少侠，还请少侠慷慨相助。"

杨宁轻笑一声，他见眼前这老兵身无铠甲、腰无丝绦，完全看不出是几级武官，说不定就是关内某个老军赌输了钱，要哄骗自己。传闻北地有种奸商，以拉人头入会作为手段骗人，依靠口口相传销卖质次价高的货物，人称"传销"。杨宁心中暗自冷笑，心想也罢，反正自己此时身无分文，且顺着他说，看他如何演戏，大不了挺枪杀出去就是，他还能拦得住我？

想到这里，杨宁凝神点头，脸上做出一副豪迈表情来："老前辈尽管开口，晚辈一定竭尽所能！"

王悔微微一愣，继而手捻胡须笑道："少侠好胸襟、好仗义！此事非常简单，一会儿你随我进城，我便宣扬少侠你是天策府派来增援的先锋，少侠无须说话，万事由我应对。少侠你只需点头，表示认同就好。"

"天……天策？"满心戒备而外表不动声色的杨宁，忽然间有些茫然，自己这些时日来，从被天策追杀到被天策所救，眼看长安都已在千里之外，居然还能与天策纠扯不清，不知道眼前这白发老军究竟要做什么。

王悔右手一翻，递过来一条腰带，腰带扣是一个铜铸张开血盆大口的虎头，虎口中上下四颗虎牙紧紧咬着一个徽记。这徽记的刻制手法粗犷凌厉，四周花纹中间一个篆行的天字，与杨宁在山寨之下、长安城内两次所见，天策府军旗上的徽记，完全一样。

王悔侧过脸回望一下城头，低声道："快系上它，这便是天策的信物。你配合我演一场戏，就是这么简单。"

接着王悔手牵战马，与杨宁并肩入城，一进城门便向围拢来的军兵们兴奋大声道："援军来了！是从长安城天策府来的，是以一当百的陛下亲军！这就是天策的先锋杨兄弟！"

数十双眼睛齐齐射向杨宁，眼神从犹疑变为惊讶，再变为欣喜，众军兵们随跟在王悔身后，纷纷高举手臂欢呼起来："威武！威武！老将军威武！天策府威武！"

杨宁紧闭双唇，没有开口，目光扫过众人，这些人脸上的喜悦是真实的，笑容也是发自内心的，似乎并没有什么恶意，那这老军又是在骗谁？

好消息似乎长出翅膀飞上了城头，引得城上守军纷纷俯身探看。登上城头，申屠笑带着一名身披粗麻外袍，斜背皮箱的青年人迎上来，王悔亲自为三人相互引荐："这是天策府的先锋杨兄弟，这是我的骑将申屠笑，和军中医官刘国忠。"

申屠笑上前拉住杨宁的手臂，大声道："杨兄弟你可来了！这次天策府派来多少军马？后面还有多少兄弟，我这就派人收拾住处、预备酒食！"

王悔连忙接过话头，笑道："莫急，大军就在后面，到此还有几天路程，先让杨兄弟歇息一晚，落落一路风尘嘛。"

刘国忠盯着杨宁看了一阵，忽然开口道："把舌头吐出来。"

这般打招呼的方式令杨宁愕然，但他还是按刘国忠所说，张口吐出舌头。

刘国忠点点头道："重毒初愈，阁下还是安心静养为好。"

此言出口，杨宁也是一愣，想不到小小边关，竟有医术如此精湛之人，片刻间就能判别自己的身体状况。但这句话说的略煞风景，片刻的沉默后，王悔抢先开口，吩咐道："国忠跟我走，申屠笑你带着杨兄弟在城上转转，熟悉一下城关守备，过会儿就回来一齐用饭！"

申屠笑做了个请的手势，引导杨宁走上城楼，几个胆大不当值的老兵笑嘻嘻跟在后面陪着。

"壶口关在环州以北百二十里，卡在两山之间，是环州出草原的北路，若此关封闭，就要向西北多绕行一百六里，走雁门关。镇守此地的是老将王悔，也就是刚才亲自接你进关的人。"申屠笑立在城垛后，手指远方道，"关前一马平川，关后平川一马，此关乃是咽喉要地，一旦有失，环州便无险可守。所以，天策府这次能来多少人？"

杨宁一愣，回头看了看王悔远去的背影，没想到这看上去平凡的老军，竟然是身居一关之守的将军！他记着王悔交代的，只管听申屠笑讲述，对问题闭口不答。

"关内原有守军八百，近来节度使府发火签频频征调，如今守城军士只剩九十人，天策府的援军最好能早些赶过来。"

杨宁心中暗暗好笑，心道："我只是陪那老人演一场戏，哄你们而已，我到哪里去调天策兵给你用。"

申屠笑侧身盯着杨宁，盼他开口。许久之后见杨宁依旧不答，申屠笑皱眉道："并非我等贪生怕死，而是军情实在紧急，日前暗哨来报，杂胡首领阿史那兄弟密谋作乱，正在拉拢各部族首领，四处征招人手。按他们所处位置来判断，一旦生事，壶口关首当其冲！"

杨宁依旧一言不发，信步走到起落城门的轮机边，随意拍了拍，转身走下城头。

城上诸人面面相觑，大眼瞪小眼的愣了半晌，有个老兵大着胆子问道："这是啥意思？不说话，拍轮机干啥？"

"也许意思是：有他们天策在，咱这固若金汤吧。"

"可这人自打进城门，一句话还都没说过呢？"

"或许人家是长安城里来的，看不起咱们这些守关的士兵呢！"

"哼，都是一个鼻子两只眼，他天策就能有三头六臂？别看他在咱们面前装神弄鬼，士兵怎么了，千骑奔突的杀阵他见过吗？"

箭楼内，刘国忠将缝合王悔腰间伤口的丝线打了个结，用小剪子剪断，转身到水盆前用皂角将手洗干净，再回身帮王悔把衣袍整理好。刘国忠走到窗前，将窗帘拉开，阳光透过窗棂照进屋里。

王悔长长吐了一口气，手撑膝盖站起身来，轻声问道："如何？"

刘国忠一边收拾医用器物，将刀剪用烈酒擦过后放回箱内，边低声回道："箭头上涂有乌头，因此伤口难以愈合，只能先用针缝合以做缓养之计，非二十天静养不可。"

王悔点点头，回道："莫要与旁人说起，若是走漏消息，我……"

"您打断我的腿。"刘国忠面色平静地接过话头，将医箱挎在肩上，转过身拉开屋门迈步而去。

晚饭摆好，是炖好的一盆羊肋骨，和两盆葵菜、蒾菜，以及军中日常食用的伴食腌菜。王悔落座后，手指那一盆羊肉道："兄弟们都有么？"

厨子忙点头道："将军放心，按老规矩，兄弟们都有肉吃。"

王悔点了点头，伸手抓起一张胡饼招呼道："来来都吃！先下手的有肉，后下手的有汤！"

申屠笑啃着骨头，抬眼看了一下坐在对面大口吃肉的杨宁，咳嗽一声道："杨兄弟年纪轻轻就入了天策，这个是……啊，大有前途啊，敢问现在是几品几级呢？"

杨宁侧头全神贯注地与骨头上的肉丝搏斗，对申屠笑的问话毫无反应。申屠笑偷瞟了一眼右边大快朵颐的王悔，左脚却在桌下轻轻踢了一下坐在身边刘国忠。

刘国忠撕肉的两手微微停顿，瞟了一眼眼神热切的申屠笑，开口道："按军规，拜见上官是要行礼的。"

王悔却瞪眼用筷子一敲碗身，怒道："吃饭还堵不住嘴！"

申屠笑不敢看王悔，忙收声低头，埋了头大口扒饭。

入夜，月色隐在云中，微风推着檐角垂挂的铁马来回摇摆，两个写着唐字的大灯笼亮起，高悬在关头箭楼的檐下，数里之外都看得清清楚楚。值夜的军士强打精神依在木柱上，同伴打着哈欠敲动挂在腰间的木梆子。

夜晚，申屠笑辗转反侧，无法入眠，越想越觉得杨宁身上疑点重重。他扭头看向另一张床上的刘国忠，他双目紧闭，似是早已进入梦乡。

同样的月色下，十余名骑士纵马从草原深处冲出，一路奔腾蹚过溪水、草甸，马蹄踏碎的草叶与扬起的尘土裹卷在一起，在风中起伏翻滚。

这队骑士远远停驻在壶口关北三里之外的地方，仰头凝视一阵城楼，互相低声耳语几句，议论一阵，调转马头疾驰而去。领队的骑士走在最后，他回望城头上的唐字灯笼，伸出双手比画了一个拉弓射箭的动作，于臆想中一箭将灯笼射落，这才两脚一磕马腹，向自己的队伍追过去。

第二天一早，王悔上城巡查，要日近正午才能回来，杨宁闲坐无事，在城墙上信步闲行。有军兵相向而过，都以敬重神色望向杨宁，还有人冲他站定行礼，杨宁都略略点头算作回应，却依旧沉默不答。站在城墙上可以直接俯瞰演武场，那里申屠笑正手提一柄障刀，与几名老兵切磋武艺。

唐军所用之刀大体分为四类，横刀随身、陌刀突阵、仪刀礼仗、障刀双持。申屠笑手中这柄障刀，刀头几乎占到总长的一半，刀杆粗若鸡卵，远远看去至少也要三十斤重。这样一柄大刀常人平端都十分费力，但申屠笑用来，竟如同挥动竹竿般轻松随意，看似漫不经心的动作，却将陪练老兵手里的盾牌砸得吭吭作响。

申屠笑一轮刀法施完，摇头道："我说你们能不能用心些，拿出点力气来，我要是做了大将军，得天天打你们怠惰的板子。"

说话间，申屠笑眼角瞥见杨宁站在城头，转过身大声邀请道："杨兄弟来啦，早听说天策府的枪术当世无敌，今日可否赐教一二，也让我等开开眼界！"

这番当众邀约，顿时将人们的好胜心勾起来，周边人群纷纷怂恿道:"来吧,杨将军下场赐教一二!"

"是呀杨将军,这家伙在这里嚣张好一阵啦,没人能收拾得了他。"

"对!杨将军露上一手,也让他也知道知道天高地厚!"

顿时,演武场上群情激奋,连坐在不远处手捧药书的刘国忠,也停下踩动铁碾槽切制药材的两脚,抬眼向这边看过来。

杨宁沉吟片刻,好胜心在胸中跃动,一仰头却看见王悔皱眉立在箭楼上,正盯着他。杨宁深吸一口气,故作淡然地转身离去。

看他如此举动,演武场里众人却都呆立无语,有人小声嘀咕道:"这个真是天策府的人吗?"

"是吧……"

"那他是什么意思?不敢打,还是看不起咱们?"

杨宁走进箭楼,见王悔将披风解了搭在架子上,正在木盆里洗手,杨宁走近几步,立在他身边。王悔并不抬头,问道:"是有事要问吗?"

杨宁两手抱胸冷然道:"我只是个配犯,你还要我帮你演戏多久?"

"等真正的援兵来到。"

杨宁愣了愣,心想这老将看来倒不是有意要害他。"那若是没有援兵呢?"

王悔拿起布巾擦脸,抄起清水将胡须抹了一把:"那就死在这里。"

这句话他说得平静淡然,将生死之事说的像是在安排午饭的场所,又像是在交代留宿小憩。

杨宁却动容道："想死容易，你往前走几十步，头朝下从城墙上跳下去就行，可你何必拉着满城人命做垫背，何必让这些军兵去拼这一场必死之战！"

王悔转头，用看白痴的眼神扫了杨宁一眼，又转过头去用牛角梳慢慢梳理着自己的胡须，说道："当大头兵的，尤其是做边军，十有八九是这么个结局。怕死的人也不会到这里来，真要想活着，躲到长安去享福好了。"

杨宁愣了愣，冷笑道："九十个人守一座城，你是逞能还是发疯了？先撤下去，藏到安全的地方，等援军来了再做打算嘛。"

"你说撤便撤么？置军法军令于何地？况且你脚下踩的这块地，是大唐之土，我们是守土的唐军，我们能躲到哪里去？我躲开了，你来时路上那些村镇怎么办？那些大唐的百姓们能躲到哪里去？你能把整个环州城都藏起来吗？"

杨宁一时被噎住，喘了两口气道："可援军不至呢？援救不及，也不能退吗？"

"援军何时来援，是援军的事情，在这座城里坚守到底，是我的事情。没有军令，我寸步不能后移，不管是一百个杂胡冲上来，还是一万个杂胡冲上来，我唯一能做的只有抄起枪捅穿他！"

"可是……"杨宁叹口气，缓缓道，"你不该让我帮你骗人。城下那些战士，你给了他们希望，让他们以为并未身陷绝境，可这希望是假的，是空的，当他们战死的时候，能闭得上眼睛吗？"

王悔将布巾放回架子上，扫了杨宁一眼，冷笑一声道：

"年轻人,你想得太多了。若是你觉得这里不安全,我马上给你写过所文书,你现在就可以走,回环州城睡大觉去。"

杨宁怒道:"我才不怕死!我早就在死字上来回打了十几个滚!我是说,你不能让他们白白送死!"

王悔转过身子面朝杨宁,眉毛扬了扬,一字一顿道:"没有人会白白送死,这里每个人的宿命、每一时刻的职责,就是守关,能多守一刻就是一刻,能多守一分就是一分。每个人只要在死之前,没让那些杂胡从身边走过去,就是好汉。"

杨宁暗想,王悔必定是个说的比唱的还好听的家伙,让别人充当好汉,自己却脚底抹油,这样的人,他之前见过太多了。杨宁两手抱胸冷笑道:"我只是个配犯,我可不想送死。"

王悔看他一眼,淡淡道:"这里没什么配犯,更没什么长官,只有在一个行军灶里用一个马勺吃饭的兄弟袍泽。你若想走,随时都可以。"

第二天一早,申屠笑兴致勃勃来找杨宁,满面欢喜道:"杨兄弟,库房里还有几套轻便的锁子甲,我带你去试试看,挑一套合身的。"

杨宁犹豫片刻,还是点点头,抄起长枪起身随他出来。两人沿台阶下城,穿过演武场、马厩、水井房、左转走进仓房区的院墙。

随着申屠笑推开一人高的大门,映入杨宁眼帘的,是一间四开六柱两人高的大库房,里面却空无一物。申屠笑大步走进库房,走至正中心位置,转过身面向杨宁,一阵冷笑,傲然拉出腰间障刀竖在手中。

"姓杨的,现在这里只有你我两个,过过手,比试一下吧!"

原来这里根本没有什么锁子甲，而是申屠笑刻意备下的一个私密比武场地，他想用手中障刀来量一量，眼前这个自称天策府先锋的家伙，到底是个什么货色！所以方才这句话后面，应该还有一句，被申屠笑强忍住没有说出来，那就是：是不是冒牌货，比过便知。

看着手擎障刀踌躇满志的申屠笑，杨宁眉梢跃动。

傲慢无礼者当杀之！杨宁眼中凶光一现，左手横枪右手抄住枪根，他一用力，嵌在枪杆上的那粒念珠硌入掌心。杨宁的呼吸随着掌心传出的不适感，微微一滞，他略一犹豫，狠狠吐了口气，收枪转头就走。

他这一走，申屠笑笃定眼前这小子就是个冒牌货！这小子骗了老将军、骗了全城的袍泽！他根本不是什么胸有城府、深藏不露的天策府先锋，他就是个绣花枕头！

这样的人，留着何用？

申屠笑大吼一声，趟步赶上，他旋身舞刀，刀杆从腰上转过，车轮般旋起一片白光，横扫杨宁腰胯。杨宁蹬地跨越，同时用长枪护背挡下这一刀，他转枪杆回身怒视申屠笑。

申屠笑冷笑连连，持刀跨前一步，杨宁深吸口气，心中暗道："好！来，再向前走一步，我便用枪挑了你！"

可没等申屠笑这一步走出，城头上响起一阵急促的锣声，那是报警信号，所有军兵抓起兵器奔向城头，有人从台阶跑上城墙，有人利用垂下的绳索爬上城头，有人抓住运货的吊钩荡过空地在城头落脚，人们一齐扑向垛口。

申屠笑一愣，才猛地想起老将军一早外出，而自己为了设计试探杨宁擅自脱岗，城头上此时并无将官指挥！他狠狠往杨宁身前的地上啐了一口,扔下他扛起障刀大步跑向城头。

城外百余步,立着一伙三十余人的马贼,这伙人所骑的马匹毛色杂驳,所用乘具也很是粗糙,有些甚至没有马鞍,只把毯子用麻绳绑在马背上。马贼们布巾蒙面,身上穿着羊皮坎肩,后背的披风脏的看不出颜色,每个人都顶着一蓬乱糟糟的头发,腰间挎一把钢刀。从衣装与乘具上一眼就可以看出,这是一伙在塞外混得颇为惨淡,不入流的马贼,连大股的商队都不敢靠前,只能欺负一些独行的旅人,或者跟在大股马贼后面捡些便宜。

可就这样的无名鼠辈,不知道是喝多了酒还是睡蒙了头,今天居然敢在关前现身,大白天的堵在关前大路上耀武扬威。

申屠笑手按城垛,恶狠狠地怒视着他们。

走在前面的马贼头子望了望城头,估算了一下床弩的射程,举手示意手下止步,这群马贼就这样三三两两聚在一起,懒散地站在床弩射程之外,喝水、闲聊、伸手摸着身上的虱子,全然不把城头上的朝廷军兵放在眼里。

这是一种轻蔑,更是一种挑衅。

"备马!点十个兄弟跟我出去,做点善事帮他们投胎!"申屠笑自信对付这样的马贼,十个骑兵足够了,一泡屎的功夫就能把他们都砍倒。

"申将军,王老将军严令不得出战。"

申屠笑猛然回头,圆睁双眼瞪过去。那应答的老兵被他眼神吓了一跳,却紧紧抓着鼓槌,喃喃道:"昨天的军令,都不让出去。"

申屠笑从鼻孔里长出一口气,继续恶狠狠地盯着那群马贼，若眼神是箭的话，那伙人怕是早被他射成了刺猬。

那为首的马贼又等了会儿，见城楼上唐军迟迟没有开门出战的迹象，胆子慢慢大起来，他甩开马镫轻轻一跃，站立在马鞍上解开裤子，对着城头方向撒了一泡热尿。这般行为在寻衅之外，更是对城头守军的侮辱。杨宁看在眼里也不由得紧皱眉头，右手紧握雪月枪的枪杆，

申屠笑方才在空库房里，火气就没完全消散，眼下瞬时暴跳起来："反啦！反啦！什么时候这种孙子辈不入流的马贼，都敢站在老子们面前撒尿了！给我备马！开门！老子自己去，我要把他撒尿的玩意儿割下来，塞回他嘴里去！"

掌鼓老兵也被气得脸色通红，却仍然拒绝道："可是申屠副尉，王悔将军有令！"

申屠笑一把揪起他衣领，拎到自己面前吼道："现在他不在，城头上我说了算！这帮贼孙子打的不是我的脸，这是在挑衅咱唐军！在羞辱咱整个壶口关的男人没血性！"

申屠笑虽然年轻，却本不是这般暴躁易怒的性格，只是关口连日来被抽调精锐，局势本就不容乐观，申屠笑心急如焚却又无计可施；他几番劝谏王悔不被采纳，连连邀斗杨宁又不被理睬，这几天憋屈无处发泄，今日又被那马贼引逗，这才汇成心头熊熊怒火，再不出去砍几个人撒撒气，申屠笑非得把天燎个窟窿。

旁边的老兵连忙过来，几个人拉胳臂抱腰的同时，口中连连劝慰，申屠笑才勉强平静下来。可就在这番功夫，城外马贼们作死又出新花样，为首马贼打个呼哨，又一匹马从远处跑来，马后面拖着一条长绳，长绳另一头拴着一个人的双手。这

人一身货郎打扮，身上却没有褡裢与货筐，显然是被夺走了，他大步踉跄，跌跌撞撞的勉力跟在马后面跑。

杨宁暗叫一声不好，几步走到弩车边上，低声问道："射得到吗？"

射手先回头看了一眼城头角旗，辨明风向，又手搭凉棚估算一番距离，再用弩机上的望山试着瞄准一番，摇头道："太远了，就算能射到也没有准头。"

城外马贼头子将那货郎扯倒在自己马前，先揪起他头发，手起刀落削断，再一扬手，发丝随风散落地上。货郎吓得哇哇大叫，连声求饶，马贼们却越发得意，纷纷高举兵刃欢呼起来，仿佛做了件了不得的大事。

紧接着，马贼头子举起刀背，在货郎左右肩膀上轮番拍打，意图让他叫得更大声，喊得更悲惨一些。猫戏鼠一般的，又玩了半盏茶的工夫，马贼头子终于将刀横在货郎喉间，面朝城头得意的一笑，一脚将货郎蹬出。货郎脖子从刀刃上抹过，立时被割的鲜血喷涌栽倒在地。

城头上众人再也忍耐不住，手指城下高声叫骂起来，射手扳动牙刀，弩箭应弦而出，却跌落在对方身前十余步远的地方。杨宁耳中听不到申屠笑的声音，回头再找，城头上哪还有他的影子！

城下一声大吼，是申屠笑拉开城门，纵马直扑城外马贼。战马四蹄张开踏起黄沙团团，申屠笑手控缰绳上身立起，高举障刀朝着马贼头子直扑而去！

忽然一支响箭自城头射出，带着尖细的响声贴着申屠笑马头飞过，扎在他身前不远的地上。申屠笑坐下马了受惊，嘶鸣一声收住四蹄,他转头回望城上,王悔正持弓对他怒目而视,这一箭是他射的。申屠笑牙齿咬得咯咯作响,回头望向略现惊恐的马贼,又转头望望城上一脸怒容的王悔,终究还是不敢违令,他狠狠用刀杆一杵地面,拨转马头回城。

随着申屠笑回城,城头上的军兵们也神情黯然了许多,或垂头走下城墙,或背过身去不看城外,人人脸上都是一股怒容。杨宁盯着那马贼头子,看他又耀武扬威了一番之后,忽然伸手从鞍后箭囊里,摸出一支响箭来抬手射上半空。

塞外空旷,因此相互间联系多用响箭,在箭杆上绑两三个哨子,就能做出好几种声音不同的响箭。没过片刻,一阵雨点般密集的马蹄声,伴随着黄龙般滚滚翻腾的沙尘而来,千余名马贼如同溃穴之蚁,从缓坡后蔓延而出,拥到关城前。

城头上唐兵们的脸色凝重起来,弓箭手将箭囊摘下斜倚在垛口,长枪手拎起盾牌留神提防,弩手们急步奔到床弩旁边,两手开始搅动机轮挂弦。

前排的马贼们左右分开,闪出一条通道,从后面徐徐走上来一匹枣红色高头大马,此马额头宽厚隆起、双眼外凸,身上的鬃毛涂了油般的光滑亮泽,四肢腿长膝圆、平脊大腹,高出身边群马半头左右,立身于一众杂色马、矮身马之间,颇有鹤立鸡群之相。连王悔都忍不住眼眉一挑,低声赞了句:"好马!"

马上端坐的高壮男子,头戴毡帽、身披皮甲,背后一条酱紫色的大披风,正是塞外有名的马贼大首领樊霖。

他手举马鞭指点城楼,与四周人高谈阔论,时而率性大笑,竟没有丝毫戒备,视城楼上唐军于无物。

重又回到城头的申屠笑狠狠捶了一下垛口，恨声道："让我弟弟来，现在就能一箭要了他的狗命！"

王悔闻言看了申屠笑一眼，继而转头命令身边一名老兵道："你去床弩上减一根弦，给他来一下子。"

那老兵愣了愣，目测从城头到樊霖的距离太远，所谓强弩之末不能穿鲁缟，上满十分弦都未必能伤到对方，减一根弦就更难说了。可碍于命令，他还是跑到床弩边上，松开一条弩弦，又将望山抬高了几分，仔细瞄准一番，抄起木槌狠狠砸在机栝上。

伴随着"呜——"的一声啸叫，与人腰齐高、小臂粗细的弩矢激射而出，那老兵本就瞄得极准，又正巧遇上横风停歇的间隙，弩矢长了眼睛般直向樊霖飞去。城头上的唐军们不由自主的齐齐叫了一声好！

可毕竟弦劲不足，弩矢飞近樊霖头上时，矢杆就开始晃动，先失了准头，再随着去势用尽一头栽下来。樊霖挥动马鞭一声轻响，轻而易举就将弩矢抽落在地。这次是马贼们轰也似叫起好来，纷纷举起马刀在头顶上来回圈转，向城上示威。

樊霖得意地冷笑一声，带着手下扬长而去，只留下滚滚黄沙和一具倒地的尸体。

夜静。二更鼓敲过，杨宁在床上翻来覆去睡不着。他仔细回忆白天城头上发生的一切，隐隐觉得这守将王悔不该如此怯懦，若他真是因兵力单薄而避战，为何还要刻意减一根弦射弩呢？

又过了片刻，隐隐听到隔壁房间里有人起身，传来甲叶碰撞的轻响。杨宁心下已经明白，老将军白日里是以骄兵之计轻慢敌军，准备在半夜里劫营！杨宁有心过去敲门请战，又犹豫了。自己目前只是个配犯，对方是否会放心与自己合作？他想来想去纠结好一会儿，索性穿好衣服抱了枪坐在床边，如果王悔派人来叫自己出战最好，起身就可以出发，如果对方不信任自己，单独扔下他不闻不问，他就继续躺倒睡觉。

王悔在屋里抬臂扭腰将中衣调整好，再套上盔甲扎好战裙，探手从木架上取下环首横刀，拉刀出鞘检视一遍刀身后，插在腰间。他走出房门来到杨宁屋前，拉开屋门一抬头，却见杨宁持枪坐在床边，似是已经等了他一会儿。

王悔问道："你没睡觉吗？"

杨宁抱枪起身，淡然道："老将军白日在城头上，用骄兵之计轻慢敌方，不就是想等夜半时分杀他们个措手不及吗？"

王悔愣了愣，点头道："你随我来。"

杨宁转身跟随王悔走下箭楼，一路上王悔招过巡夜的军兵，一迭声的颁下数道军令。"去把大伙都叫起来，披甲集合，不要击鼓，到床头去叫人。去让马棚给战马加料，要精料净水。去给城门轴上注油，再备好引火的家伙什。"

杨宁持了火把，站在王悔身后，立在演武场的木台上，一起静等诸军兵。

王悔两手背在身后，十指不断屈伸，终于在数到一百时，看到申屠笑与其他军兵们顶盔掼甲纷纷赶来，喘着气在场中站了九列。

待众人喘息稍稍平整，王悔咳嗽一声，扫视台下，高声道："白天时候都看见了吧？平时连下九流都不入的马贼，居然都敢溜到咱得关城前面，撒尿、杀人、抖威风。他们是知道咱们人少，自觉他们人多，以为咱们怕了，怂了。可这帮蠢贼们忘了，这是咱壶口关的地盘，在这块地界上，咱们唐军向来以一当十！"

王悔顿了顿，一挥手道："兵法有云，能而示之不能，用而示之不用。别看白天老夫在城头装怂，可一会老夫就要带着你们出去，趁他们做春梦的时候杀进去，帮他们投胎！"

众军白日里都目睹了马贼们的张狂，心中早已愤愤不平，在王悔一番鼓动之下，立时激愤起来，高举手臂呼喝道："杀！杀！杀！"

王悔抬起手臂往下一按，指派道："张九、曲大山、白毛狼，方才集合时你们三个腿脚最慢，这次杀贼过瘾的好事，没你们的份，在家守好城门。剩下的人，抓紧收拾衣甲、兵刃、马匹，一炷香之后，人衔枚马裹蹄，跟老夫一起去掏那帮马贼的被窝去！"

张九上前两步张开大嘴就要辩解，王悔双目一瞪，他一缩脖子，只好怏怏退回。刘国忠站在远处两手抱着药箱，目视王悔，轻轻做了一个指向腰间的手势，王悔冲他挥了挥手，意思是无须操心。

王悔转过头对杨宁道："少侠既然愿往，你可会骑马？"

杨宁愣了愣，用力点了点头道："当然会，我会骑，我经常骑马。"

王悔捻须笑道："战马可与驮马不同，骑乘战马最关键之处在于，莫要频变。你只要调准了方向，就任它去跑吧，它能主动带你躲开危险，你若是忽左忽右，反倒让马儿无所适从。"王悔指了指杨宁的雪月长枪，点头道："马上用枪，一定要手握枪根，放长尽出，切忌用蛮力、切忌用全力、切忌用横力。

记着在马上交战时,出枪发力的不是你,而是你的坐下马。"

门轴上注了油的城门,推开时几乎悄无声息,六十余人排成三列,咬紧口中的柴棍,牵着马走在黄土大路上,直指马贼大营方向。

出城百余步,就是白天那伙马贼虐杀商旅的地方,尸体依旧倒伏在路边。人马经过时惊动了一些小动物,它们惊慌的从尸体上跳下逃开,却不甘心远走,就悄悄藏在暗处,警觉地观察这队人的动向,要等这些人走远之后再回来享用美餐。杨宁也只来得及扫了这具尸体一眼,就被行军的队列裹挟着向前,急行的脚步根本停不下来。

远处沙丘上忽然站起一个人,是马贼派出来的暗哨,持刀喝问道:"谁啊!"

回应他的是一支羽箭,径直射入他口中,从后脑穿出。另一个暗哨从藏身的土坑中一跃而出,边跑向自己的马,边伸手扯出一个火流星就要举手释放,给营地报信。申屠笑身边的年轻军士推弓撒手,两支羽箭接踵而至,一箭洞穿那马贼的手肘,一箭从后面贯穿他的咽喉。在暗夜微弱的星光下,对奔跑中的移动目标还能有这样的准头,这已经是令人咂舌的射术了。

申屠笑得意地望望四周,有些惋惜在大伙都衔枚的状态下,听不到喝彩声,他瞥见杨宁惊诧的目光,得意地指了指身边方才射箭的军士,打了几个手势,意思是这人是他弟弟。

又干掉几个哨兵之后,马贼们的营地已经清晰可见,营地中的火堆映出高低错落的帐篷影子,犹如连绵起伏的一大片丘陵。王悔举手示意队伍停住,传令众军坐下、喝酒。杨宁对此颇为费解,大伙好不容易潜行数里,已经偷袭到敌军身前,却不立即发动进攻,这岂不是令全军身陷险地么?杨宁手握雪月枪,有些急迫地望向王悔,却看到老将军与申屠笑背靠背席地而坐,两腿伸直放松,高举皮囊,一口接一口自顾自将浊酒灌入肚子。

约莫半盏茶的工夫,披甲急行的乏累感被酒劲一扫而空,王悔将食指伸进嘴里沾满了口水,高举过头顶感受风向,接着低声给围在身边的各什什长分派纵火路径。旁边的刘国忠将包扎伤口用的药布缠挂在脖子上,不断从马鞍后的皮囊中摸出各种药罐,塞进自己身上的兜袋里。

诸事指派完毕,看众人酒足甲整,王悔率先起身,扳鞍上马,一路步行积攒下的马力,就要在这一刻释放出来!他将长枪抄在手中,往空中一举,喝道:"各位兄弟,随老夫杀贼去也!"

六十余人齐齐低喝一声:"是!"各自上马抽出兵刃,催动马匹跟在王悔身后,马蹄翻飞一路向马贼营地奔突而去。

或是仓促不及,或是麻痹大意,这千余人的营地之外,并没有安置拦阻用的拒马,也没有挖掘壕沟防护。虽有少数几个心思机敏的马贼头目,按照习惯头枕箭囊睡觉,但等他们被马蹄声惊醒的时候,唐军已经分三路突入马贼大营!

踏翻火盆、点燃帐篷、将熟睡的马贼从帐篷里驱赶出来,再一一刺倒、践踏在马蹄之下。惨叫声、呼喝声顿时响彻营地上空,长枪如镰,割草般将生命一条条收割而走。

王悔平端长枪,冲在楔形阵的最前端,他就是楔入马贼大营的刃尖。所有人在他两翼,如同张开的铁羽钢翅,将眼前所有生命尽数囊括。

杨宁跟在王悔右侧，将缰绳挂在马鞍上，两腿紧紧夹住马腹，上身前倾平端长枪寻找目标。十几步之外的帐篷里，忽然跑出两名上身赤裸的马贼，两人惊恐中慌不择路，竟跌跌撞撞迎面跑来。杨宁探身出枪，枪尖竟然从对方身前擦过，好在后面跟上的唐军一刀结果了这马贼的性命。

王悔转头看了杨宁一眼，吼道："马上出枪不比步下！记着要远瞄近调！把枪花抖开！"

说话间杨宁又寻得一个目标，是一名马贼竟然高举弯刀悍不畏死地对冲而来。随着雪月枪颤动，人马交错的一瞬，枪锋就挑飞了对方一条手臂，连带着半个胸膛都被撕扯下来。

王悔轻拨马头，战马在奔腾中斜斜向右，身后唐军坐下的马儿们，无须驾驭就已自动跟上，整个阵型呈现出一道漂亮的弧线，杀入营地深处。

"穿透敌阵！"

"穿透敌阵！"

在撼天动地的呼喊中，唐军从西向东一鼓作气穿透马贼大营，杀出一条血路。队伍在营地东侧歇息整顿。王悔看了看身后众人，吩咐道："分成两队，一队跟我，一队跟申屠笑，穿回去到另一边集结！"

众人一声喝喊，两支马队组成两支楔形骑阵，呼喝着重新杀入大营。这去而复返，彻底打乱了马贼们对形势的判断，他们绝望的误以为整个营地都陷入了唐军的重重包围之中！暗夜中，马贼们根本分辨不出唐军的数量和进攻方向，似乎各处都有唐军在突进、点火、在用长枪和横刀收割他们的生命。

马贼们有的在往返逃命中力竭栽倒，被马蹄践踏得骨断筋折；有的蜷缩在营帐里不敢露头，被烈焰裹身烧得体无完肤；有的不及挂鞍抱住马颈急慌逃走，被经过的唐军一枪戳下马背。

有些悍勇的马贼头目，扯开嗓门大声招呼手下，妄图聚拢起一队人马与唐军对冲，来扭转败局，这些人被申屠笑的弟弟用弓箭重点招呼，无一漏网。可混战中王悔却勒住坐骑，大声喝问道："樊霖的帐篷在哪儿？谁看见樊霖了？"

众人愣了愣，按扎营的规律，主将的帐篷必定要在中间，这样既能护持周全，也便于调派众军。可马贼营地里，中军主将该在的那个帐篷是空的，方才被杨宁在奔驰中扯起帐帷一把掀开，里面空空如也，并无一人！

此时申屠笑带着另一队骑兵，正驱赶着一群乱哄哄的马贼朝南而来。申屠笑故意控制马速，既不让马儿费力跑快，又能紧紧跟在甩开两腿疯狂逃命的马贼后面，等着有些力竭的马贼落慢，就一刀掠走他的性命。而有些马贼为求逃脱，竟不惜挥刀砍翻挡在自己身前的同伴，却也逃不开力尽而亡丧命于铁蹄之下的报应。

就在申屠笑结果马贼性命之际，一片锐器划过空气的尖啸声传来，一阵箭雨当头落下，将在地上拼命奔逃的马贼，和在后面追杀的唐军骑兵一齐覆盖住。

绝大多数马贼都是赤裸上身，顿时被射倒一片，在地面上翻滚呻吟，而追击的唐军因为猝不及防，根本来不及举盾、挥枪防护，纵然有盔甲护身，也有不少人被射中，当下就有六七名唐军要害中箭从马背上摔下来。

这一阵箭雨的确起到了奇袭的效果，杀了乘胜得意的唐军杀了一记回马枪。但这队唐军遇险不乱，当下有人取出马后盾牌护持，有人弯腰扯起落马的袍泽，有人抽箭还射压制，娴熟的相互配合，将重伤的兄弟抢了回来。对面马贼又是一阵箭雨射来，却因为夜暗而失了准头，根本没伤到回撤的这一小队唐军分毫。

还没等撤回本阵的战马站稳，刘国忠就疾奔上去跪在伤者身边，干净利索的从靴带上拔出小刀，挑断束甲丝绦，拨开甲胄启箭，从脖子上摘下预先缠绕的药布，紧紧压住伤口止血。而这处并不完全在对方弓箭的射程之外，申屠笑急忙调人手举盾牌护在刘国忠头上。

就在杨宁身前百步外，两排火把接连亮起，暗夜中排布成一条直线，以火把数量来推测，对方至少有两百人，并且已经排布成两列横阵。狡猾的樊霖，竟然两处设寨，自己在半夜里偷偷潜出大营内的帐篷，藏进数里外的小营地里睡觉。这样大营一旦遇袭，他不论是援是逃，都要从容得多。

杨宁暗想，樊霖在情况未明的时候，还敢带亲信嫡系们赶来援救，收拢残兵。不论是他舍不得这几年辛苦聚合起来的马贼队伍，还是江湖义气使然不愿独自逃脱，这人今晚的表现，都可算是一方豪杰了。

随着幸存的马贼们连滚带爬地奔向火炬，唐军脸上的神色开始凝重起来。

此时尽管唐军初战告捷，可也有人负伤，好几名兄弟伏在马鞍上不能再战，连申屠笑的盔甲缝隙里都插着两支箭杆，可见当时情形的凶险。而且经过半个更次的来回冲杀，唐军的马力已用尽，若是再勉强与马贼们对冲，在速度与反应上必定会落了下风,两百对六十,马贼们就是用人命堆、用血肉磨,也能把唐军活活累死。更重要的是,唐军无后援,一旦战损过多,壶口关守军大损的消息经马贼们之口传开,让草原深处那些蠢蠢欲动的杂胡部落们知道,后果不堪设想。

但此时若整军退走,唐军的马力根本没法甩开樊霖带来的生力军,以力疲之身一路上露着后背给人打,就算马贼的本事再不济,剩余的唐军今晚恐怕也是凶多吉少了。

看着王悔面色深沉,杨宁大略猜到了他的心思,将马一带请缨道:"擒贼先擒王,我且冲过去挑了那个樊霖!"

王悔缓缓道:"好对策。可是你辨认得出那个才是樊霖吗?"

杨宁一时语塞,夜暗、人杂,确实是难以分辨。

王悔挥挥手道:"吹角,排锋矢阵!"

低沉的牛角声响起,自杀场上空滚过,盖住火焰燃烧的噼啪声、濒死不甘的哀号声,和马蹄践踏泥土的嗒嗒声。这是唐军的号令!唐军的战马们早已习惯,打了几个响鼻之后,跃跃欲试的向前靠拢而来,杨宁掂起长枪,腿夹马腹,赶上来站在王悔右侧半个马身之后。申屠笑伸手拔掉甲缝上的箭杆,将大刀上的血迹往地上一甩,催马站到王悔左侧半个马身之后。

牛角声渐渐高亢,各什的什长们挥动兵刃驱赶着坐下战马,毅然决然的跟上来排成阵型。甲厚者自动站在外侧,把伤者护在中间,不过半盏茶工夫,号角声中唐军就重新排起一个锋矢阵,锋尖直至百步外马贼们横阵的正中央。正对面的马贼们不安的左顾右盼起来,若是唐军发起冲锋,他们必定是第一批被砍倒的。

"兄弟们压住马速,缓缓前行,务必听我号令!"王悔右手高举长枪喝令道。

身后五六十名汉子齐声应道:"遵令!"

马匹缓缓而行,压向前方。王悔高声喝令:"传下去,慢慢走!不许撒开跑!"

"慢慢走!"

"慢慢走!"

"慢慢走!压住马速!"

唐军的军阵缓缓移动,犹如草原上酣睡过后刚刚起身的狮子,抖动鬃毛,迈动脚掌,一路踩过柔细的草叶,渐渐向猎物逼近。

五六十人的队伍,居然敢逆冲数百人的敌阵,而这般徐徐前行的自信,居然令马贼们心慌起来。当第一波箭雨在马贼头目们的催促下离弦而起时,王悔急声高喝道:"提半速!"

所有唐军马匹同时受到催赶,迈开四蹄小跑起来,瞬间将前进速度提高了两倍,完美的利用箭矢抛射的滞空时间骤然加速,将方才以唐军缓行的速度为准而估算位置射出的大部分箭矢甩在身后。唐军背后的沙地上,瞬间绽开了一片由箭尾翎羽组成的花海。

"压住半速!压住半速!不要冲!"王悔高高竖起长枪,喝令着身后的军兵。

临阵不过三矢,随着两军之间距离压近,马贼们的第二次齐射显得更加散乱了。而唐军也抓紧利用这次羽箭滞空的时机,将马速再度提起,让对方以估算出的马速为准而下令齐发的箭雨又一次落空了大半。这一次唐军已经将马速提至极快,数十匹挂甲战马四蹄腾空，托着马背上鲜血浴身的索命杀神，向马贼直冲而来。

原本就心惊胆战的马贼们，实在扛不住王悔这队唐军虎狼般的杀气，纷纷高叫着拨转马头，催马逃命，队形瞬间大乱。看似厚重的两层横阵，被王悔手捅窗纸般轻易杵破！

旷野中、星空下，只剩唐军的呼号声此起彼伏地响起："杀樊霖投降者免死！大唐言而有信，杀樊霖者赏百金！"

厮杀了半夜，直至天光拂晓，马贼营地中的活人，只剩下蜷曲在地上呻吟的重伤号，除一小撮人拼死保护樊霖逃命之外，其他人已四散逃亡。当然在没有饮水和马匹的情况下，这些人中的相当一部分，也会相继死在瀚海中，成为流沙下深埋的一具具枯骨。

杨宁骑马与王悔立在一处高丘上，俯瞰脚下这一番杀戮惨状。帐篷翻倒、尸横遍野，尚未熄尽的火堆青烟苒苒，无主的战马茫然四顾，不知该去向何处。

申屠笑得意扬扬骑马来报："禀将军，此战共斩首三百四十六人，杀伤敌人无数，缴获马匹两百有余！"

王悔点点头，手捻胡须道："按老规矩，割右耳记功。收拢马匹回关！"

转过头，王悔对杨宁道："方才临阵危急，杨少侠敢于请缨，这份胆气当记一功！"

杨宁低了头，淡淡道："老将军抬爱了，我只是个配犯而已。"

王悔伸手在杨宁大臂上用力一拍。"我说过，这里没有配犯，只有同吃一口军灶的兄弟袍泽！大家生是兄弟，死也是兄弟！"

杨宁向队后望去，六七名兄弟被自己的披风裹着，大团的血渍将披风洇透，他们被系甲的丝带捆在马背上，已看不到这场战斗的胜利，再也不能坐在城头上纵酒高歌。而那些躺倒在血泊中、失去右耳的马贼，绝大部分也是唐人，至少曾经是唐人。

回关路上，马蹄轻稳、笑声朗朗，装酒的皮囊被无数只大手传来传去，欢呼声此起彼伏，就连寻常的面饼嚼在嘴里，都觉得格外香甜。

申屠笑挥舞着马鞭，脸色被酒劲催的微红。"我要是大将军，这样的大胜仗，就要奖大伙每人一大包银子！外加……一坛子酒！一刀肉……还有，再奖一双靴子！"

众人微愣，看申屠笑的脚上，靴子整齐，于是左右寻看去，却是他弟弟申屠远右脚的靴子被大脚趾顶出一个窟窿来。

大笑声中，有斥候来报，说前面有杂胡骑兵出现，人数大约三百，敌意明显。

这一条敌情，震惊了所有人。

一瞬间把所有唐军从大胜后的天堂，重又扔进杀戮地狱！

众人经过一夜厮杀，此时都是人困马乏，杂胡骑兵却忽然出现在归途附近，这绝不是个好消息。王悔举目远望，果然数个沙丘之外，有十几名骑手鬼鬼祟祟缓缓凑近。更远处，还有几大团人影集中在通往壶口关的路边上。

杨宁深吸一口气，面向王悔道："恐怕这群杂胡是要来摘桃子！利用马贼消耗咱们的体力和马力，然后好渔翁得利！"

一众唐军的神情大变，这一夜的厮杀，虽然打的是顺风仗，但毕竟体力有所消耗，远不及这些养精蓄锐的生力军。更何况坐下战马都跑了一整夜未得休息，若交起手马力不行，那就连逃命的生路都没有了。而那些缴获的马匹，未经训练调教，根本不能用于作战。

关外杂胡们，从来只遵从一条规矩，那就是强者为尊、弱肉强食，落在他们手中，远比落在马贼手中要凶险百倍！形势急转直下，片刻之前还是手握生杀权柄的胜者，转瞬间就要成为别人刀下的鱼肉。

申屠笑咬牙道："来不及了，趁着咱们还有昨晚所得的好马，大家轮换坐骑一口气往关口冲，如果实在跑不过被追上了，我带人断后，咱们拼死也要保着将军回到关口！"

说话间，前出侦察的十几名胡骑中，有两人掉转马头疾驰而去，显然是返回去传递消息。

申屠笑急声道："沙大脸、白有旺，你们带人护住将军先走！剩下的兄弟们换马，跟我断后！"

王悔面色阴沉，举起右手道："全军听我号令，敢妄动者立斩！"

刚刚要回身选马，准备决死一战的众军士顿时一愣，不知道老将军要如何发令。

"掌旗官何在？"

队后身材高大的旗官扛着卷起的战旗催马上来："末将在！"

"高挑战旗，众军整甲竖枪！将夺来的马匹牵在队伍最后，唱秦王破阵歌，列队回关！"

众军士愣了愣，不明白这是什么意思，是要演军给这帮杂胡看吗？

王悔环视众人道："杂胡们凶残多疑。知道马贼大败，会疑心我军有埋伏，不可能以弱军出城。所以他们必然会迟疑不决，只要咱们不动声色，就能平安回关。"

唐军对战草原上各路杂胡，之所以能屡屡取胜，一靠兵甲坚利，二靠阵型严明。可若是这样毫无防备的从对方眼前经过，万一对方想要试探截击，根本就来不及做任何调整反应。

见众人惊惧犹疑，王悔圆睁双目，喝道："按令而行！老夫在前开路，申副尉在后压阵，诸军成三列依次徐徐而行，有敢惊慌逃生者斩、有敢喧哗呼救者斩、有敢乱令不行者斩！"

三个"斩"字说的铿锵有声，众人立时低头控马，不敢多言。掌旗官挥动手臂将战旗抖开，红色的唐旗摆展在风中，随着枪杆敲击马镫，整齐的歌声飘扬而起，俨然恢复成一支得胜而还的大唐精兵模样。

第二章

三百突厥骑兵围成一个圆弧，军阵前数步矗立着两个骑马的青年，望着渐近回归的侦骑，微微皱眉。

听完侦骑的回报，突厥军的大头领阿史那从礼不动声色，挥手让侦骑回去再探，自己却手捻头盔上垂在耳边的豹尾，沉吟不语。弟弟阿史那承庆轻轻咳嗽一声，低声道："哥哥是怕有埋伏？"

阿史那从礼轻轻点头道："侦骑回报，这股唐军后面牵了近三百匹马，一战能缴获这么多马匹，说明他们至少已经斩杀千余马贼。那樊霖也是在死人堆里打过滚的，唐军再强悍，我也不相信凭单这几十个人就能横扫樊霖的老巢，打得他们全军覆没。"

阿史那承庆点点头，却又皱眉道："按常理应该是有唐军大队出战，可眼前却就只有这支几十人的偏师，难道真是有大军埋伏在后面？侦骑们怎么看不见呢？"

阿史那从礼笑道:"若是能让咱们的侦骑轻易发现,那就不是唐军精锐了!你看这队唐军,打的是王悔的认旗,侦骑也凑近确认过,领军者的确是白胡子王悔。他去年单人独骑进契丹大营,在契丹人自己的营地里斩杀了大首领可突干,这般胆大心细的狠辣角色会如此轻敌,不阵不列就从咱们眼前走过吗?"

阿史那承庆皱眉道:"可若是能在此擒杀王悔,那可是名震漠北的机会啊,不但能让其他部落对咱们刮目相看,说不定契丹人也会因此投靠咱们呢。"

阿史那从礼沉吟片刻,缓缓摇头道:"大唐国幅员万里国力强盛,最不缺的就是人,你杀了一个王悔,明年他还会派十个王悔来,你杀他三千精兵,一个月后他又会派三万精兵再来。可若是咱们中计,贸然接战被困在这里,落入唐军包围圈的话,突厥武士死掉一个就少一个,这样的生意不能做。再说就算咱们不惜代价杀了王悔,那些契丹人肯定是趁机先扑过来,捡便宜一口吞并咱们。"

"况且,"阿史那从礼将头侧过来,压低声音道,"送消息给咱们的那个人,凶狠如狼、狡猾如狐,草原上有多少部落在他那里吃亏上当?死在他手下的人,堆起来比大青山还要高!他说的话,我从来不会全信,你怎知道他不是放出假消息来引诱咱们上当?对他没有好处的事情,他会去做吗?咱们以为樊霖是诱狼的羊羔,说不定人家是把王悔当成诱狼的羊羔呢!"

阿史那承庆瞠目片刻,狠狠道:"安……安,这杂种好阴险!"他说话间左右小心看了看,尽管身边环绕的都是亲信,他却依旧不敢说出这个人的名字。这是一种深入毛孔的畏惧,似乎那个人坐在数百里之外的官衙之内，都能听到草原上每个人在背后议论他的每一个字。实际上他的确也这样做到了，数千里草原上，每一个杂胡部落的虚实状况、每一个胡族首领的本事性情、相互之间的姻亲交情，他都一清二楚。所以这两年来，他才能将漠北这些胡人的性命统统掌握在自己手中。

阿史那从礼有些不安，不断地派人出去，催促寻找放远的侦骑们，尽快探查敌情，收拢消息。同时又派亲信带人去后面，调大队人马速速前来，传令一旦有警马上来报。

眼看这一队唐军扬着旗、唱着歌、赶着马，从眼前两三里之外的山丘上转个弯，背对着自己大摇大摆的直奔壶口关而去。

阿史那承庆紧紧攥着弯刀手柄，皱眉道："兄长，虽说这情况不明不可轻动，可就这样让王悔老匹夫从眼前走了，回去会被人笑话的！"

阿史那从礼手按马鞭，拿起放下几番，终于下决心道："跟上去！两百步之外粘着他们走，就像狼群追野牛一样，咬住他们的尾巴！"

数百号杂胡骑兵，似乌云遮蔽蓝天，又如黑水蔓延过丘陵荒滩，缓缓接近孤零零的唐军后队。

马蹄踏在荒滩上的隆隆声从身后传入耳中，像是暴雨前的滚滚雷鸣，敲打在每一个身处荒郊野外唐军的心头。唐军们面色严峻心下焦灼，感受到背后传来的杀气，不自觉地双腿夹紧马腹，战马前行的速度也随之加快。

王悔缓缓拔出腰间横刀握在手中，大声道："传下令去！军士有敢纵马超越什长者，由什长立斩之！什长有敢纵马超越老子的，我亲自斩他！"

身后响起一片控马减速的声音，所有人不敢回头，咬紧牙关强稳住心神跟在王悔身后徐徐而行。

阿史那承庆咬牙道："前面不远就是关口了，再这么跟着也不是办法！怎么着也得试探一下子吧？"

阿史那从礼略一犹豫，还是点了点头。阿史那承庆回头朝队伍里高声招呼道："卑胡尔图，里多给斯兰多搭斯，戈杜兰王悔，般斯图为古度。"

随着他用突厥语招呼，阵后一声高喝，快步奔出一个身高九尺有余，立在地上就几乎与骑马军士并肩齐高的壮汉来。这壮汉身高肩宽、臂长腿长，身披四张羊皮缝制的袍子，两臂一分，就将挡路的骑兵连人带马一齐拨到旁边，三两步就冲到阿史那承庆的身前。

这个卑胡尔图是阿史那承庆从突厥部落中用百匹良马换来的大力士，他天生身躯高大，食量是常人的三倍，因为体重腿长无马可骑，可奔跑起来竟不落于快马之后。阿史那承庆唤他出来，让他去挑战王悔，试探唐军虚实，若是唐军示弱，就催动人马掩杀过去，若是唐军敢停驻迎战，以卑胡尔图的天生神力，也不会吃亏。

卑胡尔图向阿史那承庆弯腰行礼后，肩扛铁棒撒开两腿，脚下踏动尘土犹如滚滚黄龙，径直冲唐军追去。中途遇到落后的马匹挡住去路，卑胡尔图不绕不避，大吼一声抡起铁棒横扫过去，儿臂般粗细的铁棒将马匹打的四蹄腾空横飞出数步远，栽倒在沙丘中。硬是在马群中砸出一条通路来。

卑胡尔图张口高呼："往会！往会！戈杜兰！般斯图为古度！"他发音古怪，只高呼王悔的名字邀斗，要与他一对一决战。

在队尾压阵的是申屠笑。

申屠笑眉头紧皱，心中明白单凭这铁棒之威，身边兄弟们就全不是来人的对手，不知道这帮杂胡是从哪里寻来这茹毛饮血的野人，可也不能放任他冲破本阵，杀到老将军的马前！

申屠笑俯身催马，提起马速前冲，运障刀由下往上斜撩卑胡尔图的腰腹，这是骑兵惯用的刀术，省力、见血快。卑胡尔图恶吼一声，举棒不砸人、不砸马，硬生生朝申屠笑的障刀直劈下来。

一声金铁交鸣响彻荒野，震得附近之人双耳嗡嗡作响。申屠笑控马掠过卑胡尔图身边，回手刀却没有顺势而出。身后远处掠阵的唐军们都有些惊讶，为什么没有趁着马错身的时机，使出回手刀削这野人的后背。没有人见到，申屠笑右手的虎口已经开裂，鲜血染得刀杆一片殷红。

申屠笑控马围着卑胡尔图绕了半个圈子，将障刀交在左手，抓紧时间让发麻的右臂恢复知觉。卑胡尔图也将铁棒交在左手，甩了甩右臂，兴奋地大笑几声，复又用右手接过铁棒，横棒迈步逼向申屠笑。

面对卑胡尔图的进逼，申屠笑两腿一磕马腹，又绕开半圈，他右手已经无法持刀，若是单靠左手持刀，对付一般杂胡还可勉力支撑，但在这野人面前，一棒下来怕是会骨断筋折。

就在申屠笑进退两难之际，身后传来一阵马蹄声，是杨宁挺枪赶上来，喝一声："你且回去，我来会他！"

雪月枪直刺卑胡尔图的咽喉，被他一棍撩起，砸的长枪脱手，打着旋儿飞起来丈余高。就在杂胡们的欢呼声中，杨宁脚踩马鞍腾身跃起，于半空将长枪抄在手中，稳稳落地。

马上枪与步下枪确有不同，杨宁初次尝试与高手马战，几乎吃了大亏。他擎枪在手两脚落地，拉枪势抖出一个枪花，脚下踏实了，才觉得身上顺畅多了。卑胡尔图却不给杨宁喘息的机会，大步抢上来铁棒抡砸，杨宁翻腕招架，枪杆搭上棒身一拖一带，就将铁棒斜斜引开，砸在地上溅起大团沙尘。

交手一招间，杨宁就探明了这野人的虚实，他的优势在于力大，破绽也在于力大，出力越是凶狠，抡举铁棒的过程就越长。果然，卑胡尔图再次高举铁棒时，杨宁冒着铁棒砸下的危险，前扑出枪，枪锋轻、枪势快、进步疾、身法捷，正是天策六枪中以快取胜的"腾浪拍岩闻龙吟"！

枪如浪，无可抵挡，枪如潮，连绵不绝。卑胡尔图左肩先中枪，被枪锋一透而过；他痛呼退步，枪锋转而向下，追上戳穿他的大腿；他惨叫再退，枪锋上斜横划，刺进小腹割伤肚肠；他怪叫又退，枪锋紧追不舍再挑刺行，在胸下处刺入至右肩割肉断筋；哀声长号中，卑胡尔图身形摇晃连连后退，雪月枪恶蟒般紧追不舍，横枪挑断他的咽喉，接着枪杆横抽，将他的人头从颈上打得高高飞起，跌进黄沙中。

是不是高手，一招之间可见分晓，是不是惯取人命的杀星，举手之间就能看出端倪。大凡刀枪兵刃，入肉容易拔出难，所以用刀讲究翻腕、用枪讲究挑刺。刀刺入身体后手腕一翻，既搅伤对手内脏，促其立即毙命，又能扩大伤口使空气进入，便于拔刀出体。所以行家出枪时颤动枪头，使枪锋入体后利用枪杆的弹性扩大伤口处皮肉，也是这个道理。这才是枪挑之法。

杨宁一招间用出刺、扎、割、挑、几种枪法，出枪疾、收枪更快，全无拖泥带水、拉拽拖沓之相，更兼在迅猛开合的枪势之中，细微的抖腕、颤枪用法丝毫不乱，枪法俨然已达到随心而动、收发于心的地步。一杆长枪运用自如，远比巧妇使针还要精熟几倍！

随着卑胡尔图的头颅落地，两边阵列瞬间悄然无声，所有人都被这夺命一枪震惊得哑口无言，片刻后，杨宁身后的唐军突然发出一阵轰雷似的喝彩声。

杨宁向前迈了两步，斜举长枪遥指十余步外，跟随卑胡尔图而来的十余名突厥骑兵。

这是邀战的姿态。杨宁在此，单人独枪，纵然千军万马又如何！尔可敢上前一战否？

贪心不足，觊觎唐关的杂胡们，先来从我枪下过！

十余骑突厥武士面色大变，仓皇逃窜回本阵，远处观战的阿史那兄弟长叹一声，士气不足如何战胜？无奈挥手传令退军。

杨宁转过头，看见申屠笑刀挂马鞍，左手按住右手伤处，笑吟吟望向自己。

"不是让你撤下去么？"

"杨少侠为我解难，我又怎能弃你而去，万一寡不敌众，就是死我也得陪在你身边！"

杨宁点点头，心头泛起一阵暖意，所谓见利知亲疏、遇难得知己。世间并非只有包天福、钱过山这样的阴毒之人，也常有叶未晓、申屠笑这样血性男儿在。他拉起申屠笑的马缰绳，带马走向军医刘国忠。

王悔点手，将杨宁招至身边，端详他片刻，低声问道：

"你这枪法，何处学来？"

杨宁想了想，不愿说得太多，便只讲自己少年曾在道观学艺，一位武姓道人曾传授枪法。

王悔笑了笑，缓缓点了点头。

壶口关城头上架起火堆，肥羊被木棒穿了架在上面，烤的金黄焦香，用小刀削下烤好的羊肉，直接在扣放在地的盾牌上切了，塞进嘴里，沾着羊油的手随意在战袍上一擦，抓起木碗来大口喝酒、敞开喉咙大声说、高声笑，这才是属于沙场男儿的快意。

最肥嫩的羊肉吃够了，就大声说笑；说笑得喉咙干了，就喝酒；酒喝到微醺，就枕在盾牌上睡觉；睡熟了就能入到梦里，见到思念的人，回到思念的地方。

醉卧沙场君莫笑，古来征战几人回。

申屠笑坐在地上背倚城垛，觉得后背硌着不舒服，抓来一个箭囊垫在后面，朝杨宁端起木碗道："杨少侠，我差点儿看错你！你有本事，是个天策！你本事比我强！更是强而不露。先前你不跟我计较，更显气度。你将来一定能当大将军！"他已经喝得面色潮红，右手伤口上包缠的布带也沾满了羊油，又被木炭染了一层黑灰色。

弟弟申屠远不像哥哥这般性格外向，他扯过一条羊毛毡子，团成卷塞到申屠笑腰后，把硬邦邦的箭囊替换出来。

刘国忠抱着从不离身的药箱，蜷在火堆边上，默默看着豪饮的众人不语。

申屠笑酒意未尽，不肯躺倒，强撑着还在与杨宁聊天，"杨少侠，家里还有什么人在？听说天策府的人，都是官宦之后啊，可真羡慕你们，有个当大官的父亲，口含着金饼出生，生来就高人一等。"

这番话顺着夜风，从松开的领口钻紧怀里，撞的杨宁胸前一凉。

父亲，这两个字在杨宁心中只是个模糊的影子，多少个月夜里也曾辗转揣测，却从没明晰过。在杨宁想来，父亲应该是个高高大大的人物，走到哪里都受人尊敬，他肯定像百纳僧一样武功高强，像高主簿那般淡薄儒雅，像沙前辈那样守诺重义，像王悔将军这样气度威严，他一定是天底下独一无二的父亲。

可杨宁却模模糊糊勾勒不出父亲的相貌。他牢记在心的只有杀父仇人——刘梦阳的父亲！只等新学这六枪练习有所小成，他必定要再上华山，誓要枪挑纯阳，让刘梦阳血债血偿！

申屠笑还在絮絮叨叨，杨宁端起酒碗，想要转移话题，朝刘国忠一举道："此酒来敬神医，我等性命都由你一手掌握！你可要拉住我们，千万别放手交给阎王爷啊！"

刘国忠举杯饮了酒，却哂笑道："医者治病不治命，说到底人寿由天定，行医之人纵有本领，也只是把阎王可收、可不收之人，尽力留下而已。世人总以为医生能对抗天命，起死回生，其实医生竭尽全力，穷尽一生所能，也只不过是让阎王爷的指缝略宽松一点罢了。"

申屠笑哈哈大笑，躺在地上高举酒碗朗声道："说得好！我等能存活于乱世中，无可依靠、无所庇佑，想要多活一年半载的，这条像草一样的命，就指望阎王爷他老人家的手指缝宽一宽啦！来，敬阎王爷一杯！"

城头上未醉的军兵们大笑起来。是啊，乱世中，造化如镰，人命如草，谁知道哪一天就要割到自己头上。十几条手臂纷纷向天举起酒碗，敬阎王爷！

清晨，篝火未尽、醉酒未醒。

惶急的铜锣声忽然响起，撞进所有人的耳朵，有敌袭！

城头尚在睡梦中的人们纷纷爬起来，蒙头蒙脑地扔掉手里的酒杯、骨头，乱纷纷四下翻找自己的衣甲兵刃，将地上的马勺与酒壶踢得叮当乱响。忙乱了好一阵子，众人才怀抱各自衣甲，快步奔向城头。

申屠笑边跑边恨恨骂道："今天谁的当值斥候？这都让人家摸到关门口来了，也不知道传个信回来。"

身后沙大脸气喘吁吁道："是轮到白毛狼出斥候！他在城外埋伏预警！"

申屠笑大声叫骂："差点儿就让人摸上城头了，还预个屁的警。"

众人趴在垛口之上往外看，只见摸约两三百杂胡骑兵，在距离城门百余步之外摆开队列，另有十几名精壮杂胡手持盾牌，步行到城门外二三十余步的地方，领头的杂胡手拖一根绳索，绳索的另一头捆着一名身穿唐军战袍的男子。这男子摸约二十岁出头，却长了满头白发，正是昨夜当值外出斥候的什长白毛狼。

城头上眼尖的唐军惊呼："是老白！老白被这帮杂胡崽子抓了！"

杂胡头目将身子伏在盾牌后面，挥手扯动绳子，将白毛狼拉到身边，抡起弯刀先用刀背劈头盖脸将他痛殴一番。

白毛狼身上的头盔衣甲早都被扒掉，又被捆住双手不得招架,只好一边护住头面一边哭号哀告:"哎哟别打了我说!我都按你们教的说,饶命啊!饶命!"他身上衣衫残破、血迹斑斑,头面青肿、嘴角淌血,右眼一团乌青几乎无法睁开,一看就知是被虐打过许久。

杂胡头目回过头,先透过层层盾牌的缝隙,观察了一阵城头的情况,才把白毛狼从盾阵中推出去,却将绑他的绳索紧紧缠在自己手臂上勒住,只让他前出十几步远,吼道:"喊话,喊给城里的人听!把我让你说的,都喊出来。"

白毛狼仰起头,用仅剩能视物的左眼望过去,依稀辨认出,墙上垛口之后是杨宁、申屠笑、申屠远、沙大脸、白有旺、曲大山、张九,这些旧日同吃同睡的袍泽们都在。他与这些人之间只隔了几十步的距离,和一道几丈高的砖石城墙。白毛狼伸出舌头舔了舔嘴唇,破损的伤口和牙齿脱落的牙床疼得利害,他咳嗽几声,清了清喉咙,开口道:

"兄弟们,我半夜里被他们抓啦,他们人多,有上千人呢。"

白毛狼咽了口吐沫,停滞了片刻,他看见城头上这些旧日兄弟们脸上的表情,有同情、有愤慨,更多的却是厌恶和轻蔑,想必这些人已经猜到他后面要说什么。被迫来城前劝降,要旧日袍泽们向杂胡屈膝,这真是件没脸面的事情。绳索从背后被人使劲抻了抻,是杂胡头目在催促他快说。

脚下这条黄土大路,他曾经无数次走过;眼前这堵城墙,他曾经立誓守护;墙上那帮兄弟,是他一辈子最信赖的人。白毛狼仰起头,深深吸了口气,用力伸直了脖子,张开大口用尽全身力气吼道:"兄弟们!守好这座城啊!杂胡再多也不怕,把他们都砍死在城墙下面,不能让一根胡毛飘过壶口关!不能让一只胡蹄踩脏了大唐的土地！唐家男儿不怕死！山川自有埋骨地！替我多杀几个杂胡啊！"

他还未喊完，身后一支羽箭飞来，从后向前射穿了他的脖颈，白毛狼的呼喝戛然而止，口中喷出一团血沫，仰面栽倒在地。城头上数十条汉子，手按墙垛异口同声高喊："兄弟！"

通常箭伤轻于刀伤，不会立即致命，因此常有猛将身插数支羽箭仍能酣战。杨宁急呼道："喊刘军医来！"说着抄起脚边一盘麻绳抛向城外。这些麻绳是守城时专用来捆系钉牌的，将钉牌搬扛着向城外抛砸后，再抓住绳索拉回来重复使用，因此有一端是永远固定系在城头。杨宁手扯绳索提枪溜下城墙，来抢白毛狼，对面的杂胡都认得，此人是昨天一招刺杀卑胡尔图的凶神，顿时心中怯战摇晃着盾牌纷纷逃走。

杨宁冲上前去双膝跪地，先一把扯开白毛狼的衣领，接着一手捏住箭杆一手运内力折断箭尾，他手边无药不敢启箭，只好回头连声急呼："刘军医！刘国忠！快来救人啊！"

后面刘国忠、申屠笑也顺着绳索溜下城来，飞奔过来扑在白毛狼身前。刘国忠先一边捏了白毛狼的手腕脉搏，同时探看他喉间伤口位置，片刻后抬头看了看申屠笑与杨宁，轻轻摇了摇头。

杨宁连连摇晃他的手掌，连连急喊："好兄弟！留句话！留句话！"

此时白毛狼已经双目模糊不能视物，他费力地抬手在半空中摸索着，抓住距离自己最近的一只手，用力攥了攥，喉间费力地挤出微弱声音来："唐家男儿，不跪胡虏……莫让胡骑践踏我田土……莫让胡人欺凌我妇孺。"言语越来越低，气息越来越弱，终至无声。

杨宁本意是让白毛狼留一句人生最后的愿望，或是关于家人孩子的，或是关于未了心愿的，也好替他完成。可白毛狼手劲一松，手掌从杨宁手中滑脱掉落在地。他最后的心愿就是守好这城关，他至死都没有给自己留下一个字。

箭楼里有三间房，中庭是军堂，议事、发令、接待上官都在此处，左厢房是王悔的卧房，右厢房是安放文书钥匙等紧要物件之处。王悔在军堂里的油灯前燃了三炷香，插在卫国公李靖画像前的香炉中，后退两步带着大伙双手抱拳躬身行礼。

转过头，王悔沉面道："杨宁，你未得我将令就敢下城去？"

杨宁学着申屠笑的样子，行了军礼回道："禀将军，我所以冒险下城救人，是要让袍泽们看见，纵然身陷危地，也有人会去救，将军麾下，从不弃一个兄弟。不然日后谁还愿意冲锋陷阵？"

王悔沉吟片刻，追问道："谁教你的？"

杨宁轻轻摇了摇头。

一旁的申屠笑与刘国忠却一头雾水，暗想老将军多心，这类维系军心之举措，杨宁这堂堂天策还需要人教么？

桌上铺展着一张羊皮地图，壶口关地形、关城的全貌就烫画在羊皮之上。王悔举起刀鞘，在画中的城墙上敲了敲道："按老规矩，从做饭、管仓的兄弟里抽调一半，和剩下的兄弟们一起，分成三班守城，申屠笑带一班，我带一班，杨宁带一班，每班以一炷香为限，香燃上城拼命，香尽下城休息，偷奸耍滑的，我亲自砍他脑袋，逞能不服调度的，我一样砍他脑袋。听明白没有？"

众什长齐声应是，各自下去准备。

看众人出门，王悔用刀鞘在图上横着一划道："守这城头至少需要三十个人，少于这个数，城就很难守住了。"他转头望向杨宁，叮嘱道："每战后都要点数人数，一旦能战的兄弟少于三十，你马上去这里求援！"

王悔的刀鞘在地图上重重一点，所指位置却是在关城之后，半山上孤零零一座小酒馆。

杨宁还没来得及细问，便听到城外传来鼙鼓声，那是杂胡众部落用来集合的信号，三人来不及再讨论军情，将桌上地图掀起一掩，就各抓兵刃冲出房门。

敌人来得好快啊。

申屠笑刚冲出箭楼，正逢一片箭雨当空泼下，他急忙纵身前跃，扑倒在垛口下，回过头看箭楼门窗上，瞬间开出一片翎羽花。

"趴下！举盾！点人数！有人受伤吗？"什长们各自下令，照管自己的部下。

毕竟是寡不敌众，城楼下数百杂胡武士轮番仰射，箭矢密如雨点，箭头砸在盾面上的声音犹如雨落荷叶，城头上唐军被死死压制住，根本无法立身还射。借此机会杂胡武士们驱赶着几十头骆驼来到护城沟前，一刀捅穿脖颈，再一刀砍断前腿，将骆驼尽数填进沟中，后面再有百余人背负了土袋紧跟上来，不到一盏茶的工夫，这一人深的护城沟，竟然就被填埋出十几步宽的一段来。城头下杂胡武士们一阵欢呼，有人背了木板跟上来作为掩护，一小撮一小撮地聚在一起，高举木板护身，转眼间就在城下凑出了五六个小队。

"放！"穿了重甲的唐军冒着箭雨跑出去，奋力将火油罐抱到抛石机上，点燃火焰砸开牙刀，火油罐打着旋儿飞到城下，将聚在一起的杂胡武士烧成一个火堆。剩下的杂胡武士有的慌忙帮同伴扑火，有的三五人顶着木板来回乱跑，不敢再固定待在一处，根本腾不出手来爬城。

随着阿史那兄弟的调度，另一队杂胡武士，推来十几辆平时运送粮草迁移营地用的大车，将车厢竖起撑在地上，一层层垒起，再用绳索捆扎结实了，这样在城墙数十步之外的平坦地方，转眼间就搭成四个三人多高的木塔。精锐的杂胡射手们守在塔下，两人一组轮流爬上去，站在塔顶瞄射城内唐军。虽然木塔高度相距城头甚远，但比起平地仰射来，已经是大有改观了，射出去的箭矢准头也高了不少，对唐军产生的威胁也更大了。

眼见城头一名唐军中箭，刘国忠抢上前去弯腰抓住他的衣领奋力后拖，想要将伤者拽到安全地方再行救治。可外面高塔上的杂胡射手以他为目标纷纷放箭，将刘国忠压制在垛口下动弹不得。

申屠笑扭过头去高声道："弟弟！拿家伙，我护着你，射他一轮！"

兄弟二人同时从城头上立身而起，申屠笑微微弯腰，两手各持一具厚重的长盾护住身前，露出藏在他身后张弓搭箭的申屠远。两人由西向东碎步快速横移，顿时成为杂胡瞄射的目标，诸多箭矢飞蝗般射到盾牌上，撞击在盾面上犹如鼓鸣。申屠远借兄长掩护，一边横移一边推弓与木塔上的杂胡精锐弓手对射，不过十余箭，就将杂胡武士的八名射手尽皆射落坠塔，而申屠笑手中的木盾上也插满了箭矢。

等杂胡武士终于爬上城头时,一炷香正好燃尽,王悔带人从藏兵洞里冲上来,替换申屠笑这一班人。申屠笑强撑着不愿退下,被王悔一脚蹬在屁股上滚下台阶。

城头上唐军少、爬城的杂胡武士多,很多垛口无人防守,单薄的守军无法兼顾。王悔喝令诸军兵奋力将绳网翻起,一排粗大木杆撑开绳索编织的大网探出城墙,挡在爬城人的头上,杂胡武士要么悬空翻越绳网,要么在下面寻隙钻爬,这样一来身上要害都暴露在守城唐军的长矛之下,被一一戳死坠落。

等到王悔等人杀得手臂酸软乏力,第二炷香堪堪燃尽,杨宁带人急匆匆杀上城楼,而城外号角声响起,猬集在城下的杂胡武士们如蒙大赦,扯起受伤的同伴急惶惶逃回。

在城楼里眼睁睁看了半天的浴血厮杀,眼看着一个个袍泽或中箭、或中刀、含恨刀下,却受限于军令无法飞上城楼与袍泽们并肩杀敌,望着逃遁的杂胡武士们,杨宁这一班唐军气得连连跺脚。

杨宁矗立城头放眼望去,城下尸横遍野,数团火焰在尸体身上跃动、燃烧,青烟歪歪斜斜飘上半空,黄沙掩不住一片片暗红色血迹。

空气中传来令人作呕的烧肉味,夹杂着刺鼻的血腥气,唐军们手捂鼻孔暗自窃喜,看样子这一炷香的时间内杂胡武士们不会来攻城了。

城外列阵的杂胡武士们坐在地上,默默地喝酒、吃肉,十几个摘掉头盔、赤裸上身的人高举双臂,手中空无一物。他们慢慢走出阵列,走向城门。

这十余人小心翼翼走走停停，频频挥动手臂向城头示意他们没有恶意，杨宁眉头拧起，不知道他们要做什么。身边唐军已经搭箭在弦，等他们再近些就要推弓放箭。

这群人走到城外几十步的地方停下，领先的杂胡武士先仰头向天空祝祷几句，接着向城头高呼道："城上的人啊，你我都是素不相识，并无仇怨，只是被首领驱使才持刀而战。长生天将这些突厥勇士的灵魂收去了，求你们大发慈悲，能让我给他们收尸，莫让他们的遗体暴露在风沙里。"

城头上有人回应道："胡狗滚开些！就算爷爷们心软，手里的弓箭可不软。"

这十余人相互看了看，缓缓跪倒在地，哀求道："两军交战都为各自的首领，但死在城下的这些人，他们也有父母、也有妻儿，求你们发发善心，让我带他们的尸首回去吧！"

城上人一时无语，城下人又连番哀求。杨宁心中叹口气，高声道："行了！只许你们这几个人收拢尸体，以一炷香为限！速速把你们族人的尸体抬走，若是敢耍花样，我自有弓箭收拾你们！"

箭楼内，刘国忠看着王悔背后，旧伤口本就未痊愈，现在更因厮杀而开裂，伤口周边的皮肉因为多次缝合崩开，肉皮被扯烂，几乎再没有能下针的地方。刘国忠眉头轻皱，两手停滞在半空，一时无处下手。

王悔转过头，见刘国忠束手无策，自己便抓过酒壶来，径自将烈酒直接浇上，强烈的刺痛令他背后肌肉一阵颤动，细密汗珠从背上涌出。王悔长长吐出一口气，将酒壶塞到刘国忠手里："糊上生肌膏，用布巾捆扎实了。"

刘国忠却不听他吩咐，放下酒壶单膝跪地仰起头，急切道："老将军，莫再着甲了！"

刘国忠平时言语不多，行事略显木讷，对待伤患却是一等一的细心。他不让王悔着甲，意思就是让他莫再参战，坐镇箭楼内指挥就好。

王悔默然半晌，摇摇头道："我不着甲，人人都猜得到我伤重，这合关上下，哪个还会有战心？谁还会拼命？莫啰唆，按我说的做。"

片刻后，王悔将身上收拾停当，又灌了几大口酒镇住疼痛，亲自登上城头巡查，他只向外望了一眼，便喝问杨宁道："是你许这些杂胡收尸的吗？"

杨宁见王悔面现怒容，有些不知所措地点点头，王悔叹口气，手指城下道："你自己看！"

杨宁凝神细看一会，大吃一惊！只见这十几个自称收尸人，手脚忙碌将原本遍地倒伏杂乱无章的尸体拖到两边，清理出一条数步宽的平坦路面，这条路一端直至城门口，另一端则直通骆驼填平的壕沟处。这哪里是在收尸，分明是在利用杨宁的善心，清理碍事的尸体，为攻城铺路！

王悔一巴掌拍在杨宁的后脑勺上，大叫："妇人之仁！"

杨宁恨恨地一跺脚，挥手给自己后脑上也来了一巴掌。

杂胡阵中再一次吹响牛角，王悔皱眉道："阿史那兄弟一个狠如狼，一个狡如狐，这般年纪轻轻，就有百变心机，还能纠结如此多部众甘心为他们卖命，假以时日，定是大唐北边之患，一定要寻机除掉他二人。"

明明是孤军困守危城，王悔想的却是，要将关外十倍进犯之敌的首领斩杀，为大唐免除未来的边患，这等胸襟、眼界，乃是杨宁出生以来仅见。

杂胡武士再次涌上，在盾牌与弓箭的掩护下，把装了羊油的皮囊远远抛向城门，再用火箭点燃，顿时门扇上燃起大火。若在平时守军人手充沛，可以有多种办法灭火，可如今连压制城下弓手都做不到，哪还有能力灭火。远处一队杂胡武士在数十面盾牌掩护下，扛了现做的撞门槌，小跑着向城门冲过来。关外荒滩少有巨木，杂胡武士所用的撞门槌是用大捆的细木捆扎而成，在撞门槌的一端绑了铸铁盾牌来加强，虽然效果远逊于整棵原木做成的撞门锤，却胜在轻便易做。过火后的城门最是酥软，根本经不起集数十人力的木槌反复撞击。

城门被撞击的声音犹如闷雷，回响在城头每个唐军耳边，危急时刻，曲大山冒着不断落下的流矢跑过城头，举火把将两个装满火油陶罐的引线点燃了。张九扭头看见了，惊呼道："老曲你要干什么？别玩命！"

曲大山蹲身发力，将平时两人才能抬起的陶罐拦腰抱起，一步跨上垛口。杂胡掩护的射手们一直留神盯着城头，曲大山身高体壮，目标明显，挺身刚踩上垛口就有几支箭飞来，扎进他身体里。他咬着牙忍痛再跨一步，两只脚都踩在垛口之上，整个人身插羽箭、怀抱两个燃着的火油罐子，犹如巨神一般挺立在云天之下。一瞬间所有人都看明白了他的意图，就在一声声"老曲！老曲"的惊呼声中，杨宁眼睁睁看着曲大山转头望了自己一眼，随后倾身前扑平身跃向城下的撞门槌。

大团黑烟自城下腾空而起，赤红色的火焰在城下一闪，千万颗闪闪的火星钻出黑烟冲上半空，隐隐传来的杂胡惨叫声，和灰烬一起消散在风中。

曲大山用自己的性命，为城内袍泽争取到了宝贵的时间。

"牌车！推牌车！"在第二具撞门槌砸破城门之前，申屠笑指挥人将两具牌车横在城门洞口的里端。牌车是两轮的木制大车，包铁的厚木板立在车头，板上安插数排冲外的锋利尖刀，是防护营寨豁口、堵塞城门的最佳战具。

就在城门被撞塌的同时，城内唐军一声呼喝，推起牌车沿着城门洞拼命从里向外顶出去。冲在最前面的杂胡连声惨呼，迎面被牌车上的尖刀瞬间扎透，身体挂在车上哀号抽搐。牌车两侧与城门洞内壁间几乎没有缝隙，涌进来的杂胡要么被尖刀穿透，要么被同伴挤倒遭车轮碾压，片刻间丧命大半。

可随着穿在尖刀上的杂胡尸体增多，牌车的冲撞威力明显减弱，杂胡们用盾牌死死顶在同伴的尸身上，低下头用肩膀抗住盾牌，竟然不惜代价将牌车的冲击抵挡住。而牌车一停，杂胡们腾出了手，弯刀、手锤，就越过车头狠狠扔砸过来，推车的唐军开始出现伤亡。

唐军手中本有火油罐、弓箭、钩镰枪等等战具，可供人蹲伏在刀牌之后，配合牌车前进使用。可眼下有再多战具，无人可用也是枉然！城门洞里完全形成内外顶牛之势，只要推车的唐军力气稍一松懈，杂胡们人多势众，随时可以将牌车顶推回来，一举攻破城门。

又一拨弯刀越过两人多高的刀牌抛砍过来，申屠笑脚蹬地面上身伏低，两手死命顶住车辕，身形如抵角的蛮牛，实在无法腾出手招架，只好低下头用自己的盔甲硬抗。

硬抗的结果就是两肩皮肉划伤、头盔被打落在地，身边的袍泽被放倒两个。

牌车对面呼喝声再起，又一拨弯刀打着旋儿抛砍过来。砸向拼死抵住牌车的唐军的头面。

杨宁从队后腾身跃起，一路脚踩推扛牌车唐军的肩膀，冲到队前。雪月枪抖开枪花如云遮星、伞撑雨，将这一拨索命的弯刀尽数打飞，救下众人性命。紧接着杨宁起身手按刀牌顶端，轻盈翻过刀牌，挺枪跃进杂胡队中。

枪之威，在于长、远；枪之烈，在于孤、直。

杨宁跃入敌群后，所面对的是挤挤挨挨猬集在城门洞内的敌军，按常理这不是能施展开长兵刃的所在，短兵刃也因为拥挤而挥动受限。在几乎面贴面、牙齿能咬到对方脖子的距离内，肉搏是唯一出路。可九尺雪月长枪在杨宁手中，犹如无骨的巨蟒、绕身的灵蛇，从胸前刺、自腋下刺、肩头刺向大腿、翻腕刺向腰后，不论是与他贴身的杂胡，还是身处数尺之外的武士，谁也逃不过他夺命一枪。黝黑的枪刃仿佛冲破皮囊的恶灵，犹如饥渴嗜血的魔怪，飞舞在逼仄的空间里，恶狠狠的收割着生命。

随着杂胡不断倒下，尸体层层叠叠，犹如漫涌的泥沼覆盖地面，杨宁需要不断从尸体堆中拔出脚来，踩在刚刚倒下的，越积越多的尸体之上，才能保证自己双腿不被箍住。杨宁身前的杂胡武士已经胆寒，却被后面奋力前拥的同伴挤住无法转身，只能被迫前行，被推搡到杨宁身前，成为雪月枪下一个索命的目标，让杨宁脚下踩踏的尸体再多一具。

牌刀车前的尸体已经堆积成一座小山，被杨宁踩在脚下，他高高站在山顶，伸手就能触到城门的拱顶，再向他发起进攻的杂胡武士，需要先爬上一道尸体堆垒成的斜坡，才能走到他身前。而这些奋力爬上来的人，杨宁一枪便结果了他的性命，这人成为垫高这条斜坡的又一具尸体。

等后面的杂胡们终于发现情形不对，不再拼命挤进门洞的时候，这个被火燎的黢黑的城门，已经吞噬了近百条生命。所有杂胡武士们，都看到令他们震惊胆寒，一辈子都无法忘记的一幕：一名年轻的唐军衣甲残破、形容疲惫，身上原本褐色的战袍已经被血迹完全浸透成黑红色，他手横长枪站在一人多高的尸堆上，黄昏的阳光从他身后射进来，在他身上镶了道金边，犹如一尊金甲战神拦阻在那里。他身前出现一道铺满胡族武士遗骸的斜坡，没有一个人敢踏上这条斜坡向他发出挑战。

片刻的沉寂之后，看着眼前的尸山血海，杂胡们心中最后仅存的一点士气终于土崩瓦解。有人扔下兵刃号叫着抱头逃走，这举动犹如传染病，所有围拢在城门口的杂胡们拼命地跨越战场上的死尸，跌跌撞撞逃回本队，一头扎进阵后趴在地上，再也不愿爬起来上阵。

阿史那从礼的面色由白转青，心中明白，士气已尽，不可再战。

阿史那承庆叹口气，向后回手道："吹角收兵！摆酒！烤羊！犒劳今天上阵的勇士们！"

筋疲力尽的唐军们聚在一起，或仰或依地瘫软在地上，庆幸老天爷有眼，又扛过了一波厮杀，自己的性命还在。

第三章

城楼有消息传来，有信使送来长安城的火签，是发给杨宁的！

杨宁闻听军兵来唤，心中诧异。回到箭楼，一进门就见有个宽肩凸肚、络腮胡子的军汉，跷着二郎腿坐在椅子上。

杨宁收住脚步，先向王悔行礼，他身边侍立的申屠笑面色就有些不大好看。

军汉见杨宁进来，呵呵大笑道："你就是杨宁啊？恭喜你高升了！"说着先将左手伸出来抵到杨宁面前，竟是想要先讨贿赂。

杨宁上下打量此人一番，果然是长安城里神策军的做派，狂、傲、懒、散，杨宁斜视他一眼，无视对方伸出的左手，直接伸手抵到他身前讨要文书。

那军汉一愣，"嗯！"一声，径自又将左手往前递了几分，几乎碰到杨宁胸口。

这两人各伸一只手,手心向上拦在对方身前,竟谁也不肯让步。又僵持片刻,杨宁直接侧身向门口喊道:"来人!送客!"

唐律有规,送达文书要有回执,若是没有回执,是不能证明文书送到的,送信人要以遗失公文罪论处。

那军汉又哼哈了几声,见杨宁毫不在意,只好气哼哼将手伸到皮囊中,摸出盖了火漆的文书拍在杨宁手里。

展开文书,却是一封调令,要调配犯杨宁到蜀地剑门关神策军中听用。

这调令有些莫名其妙,千里迢迢从长安发文,调一个有罪责在身的配犯,还是从北调南直入西川。

杨宁将文书前后看几遍,又翻过来看看背后,再验了火漆、印戳,抬起头凝视片刻送信的军汉,皱眉道:"叶哥儿,这是怎么回事?"

那送信的军汉一愣,下意识地举手摸摸胡子,说话的声音也细了些:"你……你从哪儿看出来的?"

杨宁强忍住笑,一本正经道:"不用看,用鼻子闻出来的。"

军汉举起自己左右手臂到鼻子前面,用力嗅了嗅,依旧蒙然,只好用左手衣袖挡了脸,右手伸进去,按住自己面皮上揉揉、下揉揉,片刻后放下手臂现出一个面白细眉的俊朗少年来,正是叶未晓。

"你怎么来到这里?"杨宁面露喜色,举起右手轻轻在叶未晓肩头捶了一拳。

"我还想问你呢,你这是给剑南节度使鲜于仲通托梦了,还是又找到更有头脸的大人物帮你说话了？堂堂一位位极人臣的封疆大吏，居然下火签隔着几千里调一个配犯，这在大唐也算得上绝无仅有了吧？"

杨宁愣了愣，仰头想了许久，回道："我……不认识他。"

"那就怪了。"叶未晓拿过火签，指给杨宁看封皮上剑南节度使衙门的印记，又举着它夸张的在半空划了两个圈子，拍在杨宁胸前。"能让只调一个人的火签，一路翻山越岭、乘舟载马的递到你手里。你这是半路上在那间庙里烧的香，才有这样的机缘？"

杨宁抓着后脑勺想了又想，实在想不出这位第一次从叶未晓嘴里听说的节度使，与自己有什么渊源，只好两手一摊，露出苦笑。叶未晓催促杨宁赶紧收拾行李、签办过所文书，这就和他先回长安，再一路奔向西南。

杨宁却正色摇摇头道："兄弟，这里正在打仗，我一时走不开。"

叶未晓转头看看旁边脸色铁青的申屠笑，拉住杨宁向外扯了两步，低声道："傻啊你！打仗你还不快走？像你这样的大头兵，不管填在这里多少活人，都是军报上的一个伤亡数目罢了。再说城里这么多兵，少你一个就守不住城啦？"

"你知道现在这壶口关里有多少守军吗？"杨宁捏起一个手势，比画给叶未晓看。

"七百啊？"

"七十。"

"……我的娘！那外面呢，有多少人？"

"被我们杀伤有两成了，应该还剩一千多人吧。"叶未晓扭脸惊讶地望向站在一边的申屠笑。申屠笑面色肃然,轻轻点了点头。

"……我的奶奶!……卢龙节度使这是疯了吗?援兵呢?援兵到哪儿了?"

杨宁轻轻摇头,叹了口气。

叶未晓凑近杨宁,将声音压得更低些:"那你还不走?在这等着明年被人烧纸啊?"

杨宁转过头,从城楼的木窗里远远望去,关外的黑烟还未散尽,他此时若是扭头走了,倒是有凭有证、名正言顺。可若是杂胡再来攻城,又要谁去抱着火罐拼个同归于尽?难道就这般抛下一座城、一群人,看着他们在绝地中沦陷?

杨宁目视申屠笑片刻,这与他几乎同龄的少年,黝黑的眸子中填满了焦急绝望,令他绝望的不是他自己,而是他视为职责所在的壶口关。

"我不走,除非我们把杂胡赶跑,我才会走!"

叶未晓眉头紧皱,转过头一拳捶在柱子上,暗想:"我这是在跟一头牛讲话吗?"他低头沉吟片刻,猛地抬起头来。两手抱住杨宁双臂道:"亏得是正好我来这儿。唉,你给我出的题是一次比一次难,好吧,那我去找援兵来!你一定要再坚持两天,两天之内我一定回来,你千万千万要好好活着,莫要去拼命,一定要等我回来!等我回来咱们一起去剑南!"

杨宁点点头,却道:"你怎么去求援兵,你能调动哪里的兵马?"

叶未晓将腰间的背包摸出来,伸手抓出几块腰牌来,有宰相府的、飞龙侍卫的、刑部吏员的,还有神策军西营的。"我就是去骗、去求、去绑票,也要给你带回一支援兵来!"

不远处的申屠笑大步跨过来,单膝跪地向叶未晓抱拳道:"叶少侠,壶口关乃是环州门户,不容有失,申屠这里,代沿路百姓与关上袍泽,拜谢少侠了!关上有缴获的马匹,少侠可以随意选取,多多带走,一路换马增强脚力!"

叶未晓拔腿跟申屠笑去选马,走下台阶却扭身回头,手指杨宁道:"别逞能!别拼命!等我回来!"

在杂胡的轮番进攻之下,守城唐军的身体越来越疲惫,体能消耗得也就越来越快。终于连两班轮换的人也凑不齐了,所有人都要衣不解甲的日夜守在城头。

今年的初雪来的略早些。细碎雪花落在地面的瞬间,便融化成点点水渍,将一条车辙深深的石板路浸润的寒冷湿滑。

街边石屋的木门上,稀疏插着几只羽箭,一堆过火后被水浇灭的干草堆,犹自弥散着呛人的青烟。

城楼下背风的地方燃起火堆,架子上的大锅中肉汤翻滚,杨宁用马勺舀起来看了看,又稀薄了些,他数了数旁边堆着未用的木碗,在心里默算了几遍,只用了二十八个木碗。也就是说经过几天的殊死力战,守城的袍泽们还活着能走动来吃饭的人,只有这二十八个人了。

杨宁的心渐渐沉了下去,孤城、残军、强敌,这壶口关怕是要守不住了。

城头上,领军的副尉申屠笑站在一众老兵面前,左手按着腰间横刀,右手还在挥拳鼓舞士气:"咱还剩二十八个兄弟,外头那些杂胡还有一千多人,援兵迟迟不至!怎么办?你们说咱们降不降?"

满面黑泥衣甲残破的军兵们,懒洋洋叉着两腿坐在地上,背倚着垛口,抬头看了看身前一本正经的申屠笑,都知道他要说什么,故意不答话,纷纷转过头去自顾自喝汤吃饼。

"又学老将军提振士气呢?你不累啊。"

"降个鸟!壶口关啥时候,有过投降的唐兵啦?"

"我说你要是不累就抬金汁去,那是正事!别搅和俺们吃饭!吃饱了还要去砍杂胡呢。"

"申屠笑你闹哄啥!吃饼去!"一张胡饼抛过来,扔在他怀里,申屠笑被戳破小伎俩,只好苦笑着凑过去,和这群老兵们挤在一团,东一口西一口的喝汤吃饼。

"你们不懂振奋士气吗?这是当大将军必须要会的手段……别抢我饼!"

按王老将军的吩咐,只要守城的兄弟减员到三十以下,就马上去城内的老酒馆,听店主的安排。杨宁至此还有些将信将疑,一个卖酒的店家,会有诸葛亮那样撒豆成兵的本事吗?即便他能撒豆成兵,这城里眼下也得有豆才行啊,杨宁转头向锅灶里望了一眼,豆子都在锅里呢,熟的。在仰头灌下一大碗肉汤,扒了几口豆子饭之后,杨宁勒了勒腰间的束甲丝绦,抄起枪上马奔向城南一座山梁之后的老酒馆。

有人的地方,就有酒馆,老酒馆就是为好酒之徒准备的,屋里没有桌子,只有半埋在地面的几个大酒缸,木头缸盖比缸口大上两圈,是用两个半圆加上铁合页拼成的,这样既做盖子的同时又能当桌面用,饮者们就坐在缸边的木墩子上,随时掀开盖子用马勺盛酒喝。

杨宁推开大门的时候,店主正背对大门在柜台前忙碌着,他转身招呼来客，却令杨宁目瞪口呆立在门口。

"你……师……师父……师父！"

店主没穿道袍、头上没系道冠，可杨宁辨识出他的面容和目光，这分明是教授他三年枪法、从母亲去世后他在世间唯一可依靠的亲人！

杨宁几步跨到近前，隔着柜台目视师父，他心头悲喜交加，几乎说不出话来。他做梦都没想到，师徒能在此地重逢，想要张口，将这几年所遭遇的经历说出来，却不知该如何开头，话不及喉，眼泪却止不住夺眶而出。

师父的两手还淡定的摆在案上，他面露微笑，双肩却在微微颤动。片刻之后，他终于深吸了一口气，点头道："好！你还在就好！"

杨宁抹了把眼泪，欢喜道："师父还在就好！徒儿就不孤单了！又能和师兄弟们团聚在一起，真好。真好！"

师父却轻叹一声，侧头望向屋角，杨宁顺他目光看去，东墙上的神龛内，摆放着数块牌位，香炉上静静燃着一支线香。

就在杨宁震惊中，师父低声缓缓道："老大死在瀚海里了，老二和老三入北漠千余里，最后只把枪尖捎带回来，尸身都不知埋在何处。老四身染伤寒，老五就葬在城外西山树林里。武宗一门，如今只剩你我。"

望着做工粗糙的牌位，杨宁一时缓不过神来，他本以为师父与师兄们为了避祸，都隐居在此，马上门帘一掀，师兄们就会嘻嘻嘻哈哈的从后厨跑出来，抱着他闹成一团。没想到竟然是天人永绝，今生不可再见。

"为什么！"杨宁失控大吼起来，"师父你们已经被逐出天策了！你们不再和这个天策、和这个大唐有一丝一毫的关系！为什么？还要去给朝廷卖命？"

师父目视怨怒的杨宁，深吸了一口气，抓起抹布收拾着柜面，将木酒碗、木盘堆好，一边忙碌手上杂事，一边缓缓道："一入天策、终身披甲，天策将士，誓言不忘，苟利国家，不求富贵！"

"存身江湖不好吗？杀恶人！杀奸人，杀尽天下丑恶魍魉便是，何必要保这朝廷！"

师父抬头看了看杨宁，又看了看他手中枪，问道："那你可知道，什么是朝廷？什么又是大唐？"

杨宁愣了一下，随口道："朝廷就是大唐，又有什么分别？"

师傅轻轻摇了摇头。"你从长安来，长安城西北的城门唤作开远门，远行前去安西、北庭都护府的人，都要从此经过，必走此门。因此那里立有一块碑，乃是当年绘像凌烟阁的秦王府参军虞世南公手书，你可看过那碑文？"

此话问得杨宁一愣，偌大的长安城，他去过的地方实在有限，而且大多时候都是在被人追着砍杀，哪里有功夫打听什么碑文，只好老老实实回答："没看过。"

"嗯，那碑上写着：'西去安西九千九百里'。以示戎人不为万里之行，毋庸担心万里长征人未还之意。我当年立此碑下，读此文，感念天下之博大、凡人之渺小，曾失声而泣。我大唐向西有土九千九百里，向东至安东都护府有土九千九百里，向南至过海至崖州还有土九千九百里，这万里山川之美、亿万唐人之所在，便是我皇皇大唐！而那雕栏玉砌的大明宫里，高高在上紫袍朱带的几百人，便是朝廷。这就是分别。"

师父挺直身子，目视杨宁缓缓道："武道通天，乃天地之奥义，我辈有幸习得，并非为逞强耀名，而是以此守护我土我民，内不受欺压、外不受凌辱。只要朝廷安稳不生战乱，就能让万里山川免受黄巾霍乱、不受八王乱晋、不忍五胡乱华之苦；就能让我同胞族民，不做两脚羊，不做鞭下奴！。"

这番话说得杨宁胸中血气翻涌，喃喃道："那要如何去做？"

"天策所在，即便仅剩一人一枪，也要护得大唐安定、朝廷安稳。天策府人，必不计荣辱、不畏生死。"

师父侧身拉开木柜，露出隐藏在柜后的暗室，内有一具木架，架上搁挂的是一具被薄尘覆盖的将军明光铠。"只要李唐皇位稳固，这江山便不会动荡，百姓便有安乐可享。我天策将士，以命为枪、以血为锋，护的虽是李唐皇家，守的却是这大好山河、亿万生民！"

远远地，壶口关方向燃起黑烟，这是杂胡又一次攻城的信号，师父抓起盔甲道："走吧！咱师徒今天，能多守护大唐一时一刻，也是值的！"

杨宁与师父一路急奔向城关。刚冲进南门，就听北城墙上有人高声大喝："天策杨宁听令！"

杨宁在马上仰头看去，是老将军王悔束发免盔立在城头，正手指自己。杨宁连忙跃下战马应道："杨宁在此！"

王悔挥手将一枚令箭远远掷来，同时高声喝令："军旗乃我军根本，不可动摇，现令杨宁守护中军大旗，寸步不离！不得有失！"

杨宁半空中一把抄过令箭，应喝一声："得令！"他张口将令箭横咬在口中，一手赶开战马，一手擎枪，跃上军旗台背依旗杆，横枪而立。

王悔则拎过一把障刀奔下城头，伸右手紧紧扯住师父左手，两人走向城门，并肩立在门洞之内，一刀一枪，抵挡将要扑进来的千军万马。

城外响起急迫的牛角声，那是突厥部落的联络信号，也是催动突厥武士进攻的号令，看来这一次阿史那兄弟是下了决心，誓要破城不可。

杨宁守护的军旗，在所有人的后方，站在旗台上，他清楚地看见杂胡武士们口咬兵刃，蚂蚁般从城墙每一个垛口处冒出来。守城的唐军人数实在太少，在潮水般涌上来的敌人面前，犹如孤单礁石，支撑不过片刻，就被湮没，更多的杂胡武士趁机跃上城头，与扑上城头支援的唐军轻伤号们厮杀在一起。

杨宁视线所及之处，断了右腿的张九，两手撑地依靠住城墙，屏住气用肚子顶住弩机放在大腿上，两手搬动弩弦挂住牙刀，再将弩矢按入滑槽，平端弩机射向城下涌进来的杂胡武士。有杂胡武士提了刀，恶狠狠大步直奔他去。张九视若无睹，只自顾自有条不紊地扳弦、按矢、端弩、瞄准、击发。直到那武士奔到他身前一刀挥出，张九的头颅被砍落在城头，手捧的弩机终于滑脱，坠落在城下。

刘国忠将身上的瓶瓶罐罐尽数扔向身前杂胡，从地上摸起一把不知谁用过的横刀，和沙大脸背靠背站在一起，面对十几个杂胡武士的围攻，满身是血势如疯虎般咆哮劈砍。申屠远站在箭楼上向下俯射，右手因为快速连续拉弦被割得鲜血淋漓。

而守门的两位老将，面对密密麻麻伸到面前的兵刃，在咤喝呼喊中奋力劈杀，苦撑不到半盏茶的工夫，就被淹没在敌军汹涌的围攻之中。大批的杂胡武士手举弯刀、铁锤、铁锏，冲出城门洞，饿狼般扑向守护军旗的杨宁。

只要砍翻杨宁，将唐旗放倒，就意味着壶口关彻底失守，这座关城归突厥人所有！残余唐军就彻底没了主心骨，也丧失了再战的士气！

此时已讲不得什么奇正，再没有什么计策，一切兵法也都失效，有的只是赤裸裸的厮杀、面对面的劈砍、捅刺。

杀吧！人生在这乱世间，恍如朝露，又似野草，或许生不过午、或许命不过秋。便让我在天地间，用这枪，留一线光，留一抹血红！

一生不过空空，入世时赤手空拳，离世时无可握持，能拥有的本就很少，值得守护的更少。今日今时，便泼一番豪气、洒一地热血，也不枉曾在这人间走过一遭！

舍却性命的杨宁，心无挂碍，再施展雪月枪刺出，长枪犹如龙蛇附体，枪锋泼洒开丈许的一个大圈，竟似有了生命般，拖带着杨宁在圈中往复奔走，将每一招都用至绝妙毫颠的境地，把近前的杂胡武士一一刺倒。

不是杨宁用枪，而是枪在用杨宁。

枪透甲、枪破锋、枪催胆、枪追命！枪是嗜血狂龙，杨宁便是这龙之魂魄！

壶口关外远处，满脸倦色的叶未晓领头驰上丘陵，手指城头急声道："杂胡已经攻进城去了！"

紧随他身后的安庆绪皱眉瞭望片刻，开口道："城内军旗还未动摇,唐军仍在。壶口关前地势收束,杂胡目前只是用前军攻城,本阵还未移动。等他们的本阵移动到城门前,那时候队形拥挤、人群混乱,就是最佳的进攻时机!"

叶未晓一愣,将战马兜到安庆绪身边道:"你兄弟杨宁就在城里,现在生死未卜,晚进去一刻,说不定就再也看不见他了!"

安庆绪咬紧牙关,脑中浮现出临行时父亲安禄山曾反复叮嘱他的话:一定要沉住气找准战机,莫要有妇人之仁。壶口关只是诱饵,借此可以一举打残突厥部落,又能把守将更换成自己人,还能在朝廷那里表一份战功。这样一举三得的良机可遇不可求,一定要在确定王悔战死后,再发动进攻。

看着安庆绪的右手举在半空犹疑不定,叶未晓急得两脚乱跺,胯下马搞不清他的意图,只好驮着他围着安庆绪的马打转。可安庆绪自己想的是,七星匣失落,无奈之下李代桃僵,这件事除了自己以外只有杨宁知道,他对父亲安禄山都不敢透露,而杨宁又是唯一运送另一个七星匣之人。所以倘若是杨宁真的战死在此地,那就真是天意,是上天眷顾他安庆绪。那这世上就会有很多人安心了吧?

可若是真的坐看杨宁战死在此,一定会遭长生天惩罚的吧?安庆绪又实在硬不下这颗心。看着安庆绪面色连变,右手却迟迟不发令,叶未晓咬牙拨转马头,两腿一磕马腹,单人独骑冲下山坡,直扑杂胡军本阵。叶未晓抽刀在手,立在马鞍上嘶声高喊:"张守珪节度亲领大军来援!胡儿降者不杀!"

懵懂的一众杂胡武士们纷纷回头,只见远处山丘上密密排开长长一线的唐军骑兵,一名骑士高举横刀冲在最前面。弹指间山丘上唐旗一展，大队唐军纷纷启动，借着地势雪崩一般急冲下来，扑向杂胡军的后阵。

关城内，厮杀到脱力的杨宁背依旗杆，拼命调用体内最后一丝气力，格挡劈向自己的兵刃。他眼里已经看不到蓝天、城墙、地面，只有连绵不绝砍向自己的弯刀、铁锏、铁锤。

一骑战马直冲过来，马上骑士纵身跃起，从后面将劈刺杨宁的杂胡武士扑倒，按在地上用刀捅进他的肚子，再翻身起来冲杨宁一笑。虽然被鲜血模糊了视线，但杨宁仍能认出，来者是叶未晓！

紧接着安庆绪也策马冲进城内，他不持刀枪，只擎一张骑弓，右手在背后箭筒中一抓就是三支雕翎箭，推弓连珠射出，不论敌人是近是远、是举刀还是举盾，几乎都是一箭放倒。大队唐军紧跟着他杀入关城，将先前在关内围杀唐军的杂胡武士一一砍倒在地。

杨宁看看四周，尸体遍地，有杂胡武士的，也有唐军袍泽的，再低头看自己身上，几乎被喷溅的鲜血洇透，腿上、胸口等等大小伤口疼若针扎。他一手揽住叶未晓，两人相视而笑，庆幸经过一场杀戮之后，居然还有命活着。

杨宁狠狠扯了一把叶未晓，想要表示感激，叶未晓却疼得一咧嘴，几乎站立不稳。杨宁连忙低头看去，只见叶未晓两腿内侧一片殷红，那是因为赶路连续骑马，磨破了大腿肉也来不及敷药休息，血已经浸透棉布与裤子沾粘在了一起！

两人又相视苦笑一番，相互搀扶着走向城门，去寻师父与王悔。

尸堆旁，满身伤痕的师父与王悔被安庆绪的部下抬到一边,倚在草堆上。杨宁看了两人伤口,急声回头高呼:"刘军医!刘国忠!来啊!来这里!"

王悔费力地抬起手臂轻轻挥了挥,示意杨宁停下,接着手指杨宁,面朝师父一笑,轻声道:"还是天策能打!"

师父也笑笑,口中鲜血溢出洒到胸口上,说:"我徒弟。"

杨宁看得出,两位老人都身受重伤,已难救治,就算是国手来此,也不过是让两人在病榻上苟延残喘几天,再多受几番疼痛折磨罢了。他咬紧牙关,不让自己哭出来,先将手中的军令双手捧给王悔道:"配犯杨宁,奉令守护军旗,现援军已到,军旗安然无恙,可向将军交令。"

王悔喘了几口气,攒了些力气才抬起手接过令箭,方才杨宁孤身守军旗,口咬令箭奋力厮杀,他周身功力运转,竟在无意间将硬木令箭咬出深深两排牙印。王悔轻轻摇头道:"岂曰无衣?与子同裳。王于兴师,修我甲兵。与子偕行。你不是配犯,你是天策。你是天策杨宁。"

师父深吸口气,缓缓道:"我徒杨宁,你可愿传我衣钵,成为天策,替我和你那几位师兄们,继续守护这皇皇大唐、万里河川?"

望着两位伤痕累累的前辈,杨宁心中百感交集,连连点头相应。

师父歇了一会儿,开口道:"好,杨宁你且听好。天策府,是为守卫大唐而生!你若成为我天策正式弟子,有八字切不可忘:'苟利国家,不求富贵!'我来问你!你愿意将这句话刻在心底,从此成为我天策府的正式弟子吗?"

杨宁连连点头,坚定道:"愿意,我听师父的话!愿意。"

师父还要再说，却一阵咳嗽，口中喷出血沫来，旁边的王悔接口道："长河落日东都城，铁马戎边将军坟。尽诛宵小天策义，长枪独守大唐魂。我很高兴东都之狼天策府又多了一位军士！从此刻起，杨宁你便是大唐天策府正式弟子！希望你以后能坚守今日之言，不畏强敌，捍卫我大唐！"

王悔看向杨宁腰间的天策腰带，说道："按天策府惯例，老兵要传给新兵些东西，让天策誓言能代代传承下去，那腰带是我用过的，就送与你了。"

师父的伤更重些，已经无法动弹，他看了一眼王悔手里的令箭，轻声道："我借他一样物件送你吧，就是这令箭。你要时时将它带在身边，你要无惧无悔，为大唐的万里河川、亿万族民奋战到底，这是派给你一生的军令。"

杨宁双手捧起军令，泪水梗在喉间，再说不出遵令二字，只好连连点头，让两位天策前辈安心。

城关之外，阿史那兄弟纠结百余精锐亲兵亲自断后，尽力收拢残兵，缓缓向戈壁滩深处撤退。阿史那从礼眉头紧锁，默然不语，阿史那承庆却仰头道："兄弟不必失落，就如同草原上的部落一样，大唐也会有兴衰的变化，再勇猛的狮子也会老去，再伟大的英雄也会年迈，咱们兄弟最大的本钱就是年轻，所以我们永远都会有更好的机会。我相信再过十年、二十年，总会有咱们踏破长城、直入大唐都城的那一天！"

"好，真到那一天，咱们兄弟要一起站在大唐都城的城头喝酒！"

两天后。

壶口关内的山南坡上，有一处坡缓荫厚的好地方，杨宁亲手将王悔与师父葬在此处,这样两人能时时看护这条出关的大路,注视往来的行人。

叶未晓将三炷香插在贡品前面,低声道:"青山处处葬忠骨,就请两位将军在此保佑这一方庶黎百姓吧。"

安庆绪将酒倾在坟前,抱拳道:"我已行文将战事上报朝廷,兵部定会优厚抚恤,老将军可以安心了。"

杨宁伫立坟前默然半晌,转身道:"叶哥儿,这位安庆绪是我在上京路上认的大哥,他几次救我于危难中,更是一员骁勇善战的猛将。大哥,叶未晓与我在长安城内不打不相识,他是个极重义气的好汉子,肯为了朋友赴汤蹈火、不惜性命。我想咱们三人既然有缘际会、相识相助,不妨由两位前辈在天之灵做个见证,在此结拜为兄弟,共同成就一番作为可好?"

叶未晓点点头道:"当然愿意!"

安庆绪看看杨宁,又看看叶未晓,点头道:"甚好,求之不得。"

三人跪在坟前,各燃了一炷香举在手中,杨宁先道:"请两位前辈英灵见证,今日我与两位哥哥在此发愿,结为异姓兄弟,荣辱富贵,皆可分享,我等不求同年同月同日生,但求同年同月同日死。我三人今后,当尽各人所学、付各人性命,一同守护我大唐,誓不让胡骑践踏我田土,不让胡人欺凌我妇孺!"

叶未晓与安庆绪点点头,跟着齐声道:"誓不让胡骑践踏我田土,不让胡人欺凌我妇孺!"

三人举盏饮尽,说起日后打算,安庆绪先道:"杨兄弟来我这里最好了,家父现在任营州都督,统管六千多精兵,凭杨兄弟的身手，何愁没有出头之日？"

叶未晓道："这半年多厮杀不停，疲于奔命，我倒觉得杨兄弟可以去剑南，那里山清水秀，可以颐养些日子。"

正说话间，一路烟尘腾腾，有旗牌兵快马驰来，急报安庆绪说壶口关内原守军造反，与援兵火并！

三人大惊，急急上马赶回关口。入门就见城内圈圈层层围了数百唐军，看背旗都是安庆绪带来的幽州都督府军兵，圈内则是背靠背依站着的十几名拄拐、吊臂的伤兵，都是原壶口关王悔的麾下。

安庆绪带住战马，腾身跃起，直立在马鞍上，顿时高出在场所有人将近一个马身，他大声喊喝："都住手！幽州军放下兵刃！"

外围的唐军见自家主将回来，气呼呼将横刀插回鞘中，手掌却依旧按在刀柄上，而被围的伤兵们虽然身残体疲，却仍然依靠在一起，手擎刀枪不放。杨宁伸长了脖子细看，那些伤兵之中并不见申屠笑等什长、骑将，想来这些人不是在日前的恶战中牺牲，就是此时伤重不能动弹，原来满城近百袍泽，还能立着的也就眼前这十几人了。

没有将佐弹压，杨宁自诩与这些壶口兵还有些香火情，他学着安庆绪的样子，站稳在马鞍上，大声道："各位袍泽，这里没有幽州、壶口之分，大家都是唐军，都是袍泽，刀枪兵刃是用来对付杂胡的，不是拿来指着自家兄弟的。"

有伤兵哼了一声，冷笑道："我们把人家当兄弟，人家把我们当生意！这帮狗才拿我们的命去换功名！王老将军之死，他们幽州军就是帮凶！"

这句话算是捅了马蜂窝，唐军有律令，未经主将许可，兵将不得喧哗，因此幽州军并不能回以谩骂，却齐齐举起兵刃逼向圈内，外围的弓箭手竟将箭搭在弓上，就要推弓瞄射。

安庆绪与杨宁急忙大喝："不许动手！"

面对刀枪所指，那伤兵却丝毫不惧，反而挺起胸膛道："想杀人灭口吗？老子不怕死，你们也堵不住老子们的嘴！"接着他手指杨宁道："杨少侠，你既然是天策，就请来主持公道，你且问问这帮幽州兵，为何之前要将壶口关内精锐抽调一空？为何刚刚将精兵调走，马贼和杂胡就来关前偷袭？从幽州来援路途并不远，为何要到壶口关被破、兄弟们命悬一线时候，他们才正巧赶到？"

这番话掷地有声，敞亮地灌进在场所有人的耳朵里。叶未晓摸了摸鼻尖，扭过头去，眼光望向箭楼之上的檐角铁马。杨宁转过头去，望向大哥安庆绪。

安庆绪皱了皱眉头，缓缓道："奉张节度的将令，安都督抽调周边军马，要深入契丹腹地作战，因此各城关、隘口、捉守都在调兵，对壶口关并无私心。至于马贼与杂胡，他们本就经常袭扰商队、官道，此时出现不足为奇。"

说到援兵来迟，安庆绪不自觉的侧了一下头，看见杨宁正盯着他。心虚道："嗯，接到壶口关的狼烟警讯，都督府就开始准备兵马来援，只是刚好都督出征在外，将战马全部带走，留守的军兵无马可骑，因此才耽搁了一天。我大唐兵马皆是袍泽弟兄，岂有见死不救、畏敌不进的道理！"

那伤兵摇头冷笑，狠狠道："狡辩！我们分明听到你军中骑将亲口说'傻子才会一头扎进两军交战中去救援，就要在外面等到双方精疲力竭胜败一线时,再杀出去救人,这样既能攻敌不备,斩获功劳也是最大。'原来你家安大人这几年的功劳,次次都是这样坐看厮杀得来的!都是一样吃军饷、穿铁甲、爬冰卧雪守边关,你们升官发财我们不眼红,可你们却把我们的性命当成踏脚石!可怜我壶口关的兄弟们,本可以不必死伤这么多!"

那伤兵向后一闪身,扔下横刀,用没受伤的右手拖出一名幽州军的骑将来,扔到面前地上。原来就是在安庆绪、杨宁、叶未晓三人出城,祭拜王梅将军与武道人时,经过两三日的修养,伤轻一些的壶口关幸存军兵,便已经能下地行走。这些人主动打开库房提了藏酒,邀请幽州军痛饮,以感谢救援之恩。

而这个幽州军骑将,正巧是个酒后话多的浑不憷,几斤老酒下肚之后,不仅借着酒劲出言贬低壶口关残军,还把上面这些话堂而皇之地讲出来。这一下犯了众怒,这骑将被壶口军残兵们打翻在地绑牢了,要扭送节度使行辕评理,城内的幽州军副将急忙召集部下将城门围了救人,双方这才各持兵刃僵持起来。

安庆绪脸色一沉,左手在背后悄悄做了几个手势,城墙上的几名弓箭手看见了,悄悄扣弦推弓,三支羽箭悄然射出,穿透那骑将的头颅、咽喉和胸口,尸体滚倒在一边。

这几支突如其来的冷箭,令壶口军残兵们大骇,愤愤挥舞兵器护住身前,怒视安庆绪。

"幽州军后退五步!刀剑入鞘!长矛竖持!违令者斩!"安庆绪一声令下,幽州军纷纷退后,收起兵刃,拉开了与壶口关残军的距离。

安庆绪怒目青面,高声道:"此人酒后妄言、扰乱军心、构陷长官、挑动袍泽内乱,将他首级砍下挂在城头!以警各营!"

有刀斧手快步上前,一斧将那骑将的头砍下,提起发髻跑向城头,有人倒提了尸体两脚拖走,一道宽宽的血迹刷过地面,像是有人用朱砂巨笔画了粗粗的一横。

罪魁已死,壶口残军又见识了安庆绪凌厉的杀伐手段,一时间心中惊惧,再也不敢似方才那般叫嚣喊喝。安庆绪扫视一遍场内诸军,冷冷道:"我结义兄弟杨宁,此前就在城中,我岂有不尽心援救之理?为将者,谋全局、筹胜负、指派千军,岂能事事说与人知?一个醉汉酒后胡言,你等也要当真?还敢持械劫持袍泽。念在王老将军殉国,尔等伤心意乱,本将不与你等计较。若再出类似言论,管你是哪城哪营兵将,定斩不饶!都散了,各回营伍!"

一阵纷乱的脚步声,喘息间空地上的军兵们皆已散去,空留地面上那一道粗粗的血痕。安庆绪长出一口气,从马上跃下,见杨宁与叶未晓都在看他,咳嗽一声,抬手抚摸几下马脖子上的鬃毛,开口道:"这一战,杂胡们扔下了六百多具尸首,据说里面有至少三成是死在兄弟你手上的。"

安庆绪轻拍马颈,低下头道:"那些死人若是没拿兵刃,回到部落里也是好儿子、好丈夫,也许在丰年时候,你路过他的帐篷,他还会用马奶酒款待你,和你一起在篝火旁跳舞说笑。但是现在,你说他们该不该死?"

安庆绪深吸了口气,声音提高了些,接着道:"武功就是杀人技,武功越高杀起人来就越容易。只要是杀这些杂胡,那就别管是离间、偷袭、还是阴谋阳谋，反正杀光他们就是了！"

看着安庆绪瞪大双眼直直盯着自己，叶未晓不由自主伸手摸摸鼻子，点头附和道："是的，一杆刀枪护不住天下苍生，只能守护我族我民。我可管不了别人是饿是渴，他只要敢提着刀子欺负老子的兄弟，老子就要干死他！"

一直沉默无语的杨宁转过身，朝安庆绪抱拳道："安大哥，你一路疾驰至此，救下这些连日血战筋疲力尽的袍泽，我替他们感激大哥的救命之恩，这一战壶口军伤亡惨重，更兼王悔老将军战死，他们难免心悸悲愤，方才出言莽撞，请大哥海涵。"

安庆绪一把托起杨宁的胳膊，真切道："好兄弟，你这一身本事不次于我，就跟我走吧！我保你出人头地、飞黄腾达！"

叶未晓站在一旁，淡淡道："还是去剑南的好，山清水秀，修养身性。"

杨宁默然片刻，回道："我要在此练枪，而后重回华山纯阳宫！"

叶未晓当然知道杨宁的意思，以及他要回纯阳做什么，心中不由暗自叹了口气。他沉吟一会缓缓道："杨兄弟，你可知你身上的尸毒是谁所解？"

"当然是药王座下大弟子，裴元裴国手了。"

叶未晓苦笑道："你身上所中尸毒，乃是苗疆镇教之宝，那是连他们自己都无法解除的世间奇毒，裴国手再身怀绝技，毕竟也不是神仙啊。"

杨宁一愣，望向叶未晓，想听他细说。

"是裴国手用金针封住你周身所有穴道，类似于……就像船闸蓄水一般,将你身上血脉分段截住;而后纯阳派丹鼎第一的上官博玉出手,用金丹吊住你的性命;再由纯阳派精纯第一的掌门人李忘生,亲自用紫霞神功为你逼毒,配合裴国手的针术节节推进,将尸毒从涌泉穴排出体外。"

叶未晓顿了顿,继续说道:"这样虽然能排出毒物,但弊病在于失血过多,就由刘梦阳将自己的血补入你的身体。所以你杨宁身上流淌的血,有一半来自刘梦阳体内。"

见杨宁面色大变,叶未晓又道:"习武者失血过多的后果就是……武功尽失,而女子会因为宫寒体弱,不能生育。"

不等杨宁开口问话,叶未晓伸手按住他肩膀,抢着把胸中藏了许久的话一口气讲出来:"我查过,当年刘父与你父亲比武之后,因为误伤你父亲而倍感内疚,虽然当时正值壮年,却在五年之后因郁结悔恨而故去。所以,刘家虽然伤及你父亲在先,但现在却是用上下三代人的性命在偿还你。兄弟,有句话叫作:恩仇有终,执念无尽啊。"

杨宁眉头紧皱,良久无语,他明白叶未晓是劝慰他,冤家宜解不宜结,他心中暗想:"我若是原谅她,放下这段宿怨,将恩仇一笔勾销,那倒是大丈夫所为。可你们说得轻巧,那这十余年来的怨恨、父亲早亡、母亲饥贫,都是我在经历,我该向谁讨还公道?可若我是仍不罢手,非要枪挑她而后快,那我又该如何偿还这份救命之恩,她几次三番救我于危难,我却定要取她性命,岂非让人说我是无义无德之辈?"

见杨宁面色阴晴不定,低头迟迟不语,叶未晓两手抱胸轻道:"我来此路上收到隐元会消息,说纯阳派冲虚子刘梦阳失落于恶人谷中。"

杨宁一愣，抬头目视叶未晓，郑重问道："隐元会是什么？恶人谷又是什么？"

叶未晓愣了愣，转头看看安庆绪，又回头看看杨宁，眼神中颇有"你这样子混江湖居然还能活到现在"的疑惑。

杨宁疑惑道："这世上居然还有恶人群居之地？"

"岂不闻，小恶畏人，大恶人畏？恶人太多、太狠了，敢管的人也就不多了。"

杨宁眼神冷峻，心中暗想："也罢，若是我把她从恶人谷里救出来，这些年的恩怨就算一笔勾销，我再杀她不算忘恩，她若杀我也不算负义。恶人谷这名字，倒也是个埋身结怨的好去处！"

他转过头敛容道："那我就去恶人谷，看看这世间至恶至凶之人，都是何种面目。"

第四章

据说，人间的每出现一次分别，天上就有一颗星星熄灭。

一个月前，华山顶，纯阳。

日过午后，练功的弟子们早已散去，太极广场显得空旷了很多。两只仙鹤躲在树荫下，单腿伫立，专注梳理着自己的羽毛。

"快嘴"七七端着托盘穿过回廊往西，一路匆匆。"快嘴"这个绰号，是杨宁闯下华山之后，纯阳宫弟子们送给七七的，气得她暗自哭了好几次。

"于睿师叔，梦阳师叔今天不知怎么了，从早晨到现在屋门都关着，早饭也没吃，中午时我喊她不应，我就把饭放在她门口，可是现在你看，一点都没动呢。"

于睿收了书卷扫了一眼托盘，忽然开口道："鸟喂了吗？"

七七一愣。"鸟？什么鸟？哦您是说梦阳师叔窗外那只蓝头雀儿吗？我想想……哎好像没听见它叫呢？"

"带我去看。"

于睿收了书跟七七急行到刘梦阳屋外,檐下的鸟笼笼门大开,里面早已空荡。

"糟了,梦阳走了!"于睿伸手推门,屋门被人从里面拴住。她掌力轻推,门闩立断,屋内果然空无一人。

"快!去禀报掌门师兄!我去追她。"于睿转身施展轻功直奔山顶。

"师叔,下山的路在这边!"七七看着于睿身影急声道。

"梦阳聪明,为不让咱们发觉,必不会走路下山,定是用纸鹄直接从山顶飞下去!"

千尺峰上,绝壁前,刘梦阳所用的双手八面汉剑,静静倚在山石旁。于睿长叹一声,俯身将长剑拾起,皱眉凝视山下云雾遮蔽之处,一时无言。

片刻后,李忘生、祁进一齐赶来。看到于睿手里的长剑,几乎同时追问道:"梦阳去哪里了?"

于睿缓缓摇头,望向李忘生道:"掌门师兄先飞鸽传书浩气盟的谢渊盟主吧。"

李忘生脸色一变,于睿连忙解释道:"一来浩气盟成员广博,可以多派人手寻找,二来如果出现最坏的结果,梦阳深陷恶人谷,咱们也好提前安排。"

李忘生喃喃道:"不会的,怎么会这么巧,就能落入恶人谷呢?"

于睿张了张口,却还是把话咽了回去,世间事,往往就是怕什么来什么,越是担心就越可能出现最不想看到的结局。

祁进面色铁青,恨恨道:"我带弟子下山去追,若让我看见杨宁这厮,我非一剑宰了他不可!"

于睿点点头,"我也去,毕竟都是女儿家,也好说话。"

昆仑山中本无路,八骏无奈空踯躅。

西域昆仑山,真算得上是当世第一山,峰峦如海,起伏连绵无穷无尽。杨宁凭借太阳的位置辨识方向,沿着山脚的大路一直向西走了三天,目光所及之处,脚下这条大路致远无尽,左侧是一望无边的荒漠,寸草不生、砾石遍地;右边尽是连绵起伏的山峰,一峰压一峰、一峰险一峰,一峰之后还有一峰,峰峰都似曾相识。

这天从中午一直走到傍晚,一个人都没遇到,放眼天地万里空寂如斯,人行世间,真卑渺如蚁。杨宁举目远眺,只见大路尽头似乎有一处燧台,他灌下几口水,迈步向这燧台走近,等精疲力竭时才终于走到这废弃的燧台之下,却赫然发现早有两个人先到此处站立在这里。

这燧台不知何年所建,竟是用开采出来的石条垒砌,因此多年受风沙侵蚀也不至于损毁。台顶是一处仅能容身一两人的小平台,又不知是谁在这小石台上放了一块巨石当作石凳。此时一个中年文士正坐在石凳上,背对着杨宁独揽落日余晖映雪峰的景色。燧台底下几步远的地方,还站立着一个中年人,此人一身游客打扮,身背行囊也背对着杨宁,似是正仰首等台顶那文士下来,好换自己上去观景,不知道已经在下面等了多长时间。

昆仑山峰高气寒,诸多山峰在顶部常年都有积雪,山岭陡峭与落日积雪,构成一幅绝妙美景,而今日正好天晴无云,更是难得的观景机会。此处正是能够同时饱览方圆数里大漠、雪山、落日的最好观景位置，就在那文士的坐处，下面那游客虽然观景心切，却也没有失了礼数，克制自己并不出声催促打扰那文士。杨宁纵有观景之心，按顺序却要排在第三位，怕是等到太阳落山，也未必能轮得到他上去看。

看到杨宁眼中期盼之色，那许久不开声的游客轻咳一声，仰头道："上面的朋友，独乐乐不如众乐乐。可否能容我等登台，一同观赏美景？"

那文士闻声收回神思，低头一看燧台之下还站着两人，抱歉道："失礼，失礼！美景入目太过专注，怠慢两位了！"文士看看足下，摊手为难道："我是有心请两位上来同赏，可是此处站不下三个人了啊。"

那游客道："无妨，且请兄台站开些！"言毕只见他平地发力高高跃起，竟一纵身就跃到与燧台顶平齐的五丈之高，接着这游客在半空中旋身挥臂，神龙摆尾般一掌劈出，那硕大的一块至少数百斤的巨石，竟被他一掌打下燧台顶，掉落在地上发出一声巨响，砸出深深一个大坑。

接着那游客冲杨宁招呼道："小兄弟，能上来否？"

杨宁咋舌此人的身法与掌力，但对自身的功夫还是有些自信的，他后退两步发力跃起，半空中左脚在石壁上一蹬，上跃同时枪杆撑上石壁，轻轻巧巧地落到燧台顶上，与游客和文士并肩站在一起。

三人纵目远眺，此时夕阳如轮，正落在远处群山雪峰之上，如血残阳、皑皑冰峰、崇山峻岭、荒漠平川，千里景色尽收于眼底。如此难得一见的山河美景，令三人一时间屏息敛容，不敢错目。而此时天地间除了这三人外，竟再无一人，禽鸟飞绝、走兽不现，望来路、眺前途，真有万世空寂之感怀。

许久之后，文士长吁一口气，轻轻道："大漠孤烟直，长河落日圆。有幸能览此情此景，此生不虚。"

游客也将胸中之气喷吐而出，摇摇头道："前不见古人，后不见来者。念天地之悠悠，独怆然而涕下！"

这两人腹中颇有学识，名家诗句信手拈来，既是应景，也为抒情。偏这两人口吟诗句后，一起转头望向杨宁，想要听听这一起赏景的小兄弟，有何表景寄情的佳句。

这可让杨宁为难了，他少时穷苦，难有名师指教，这些年颠沛流离，谋生艰难，更不要说博览群书了，此时此刻要他吟出一首诗来，可真比登天还难。可人偏偏就是这样一种奇怪的动物，每逢美食、美景、美人、美器、美事，心中的欢喜赞叹就要表露出来，不然就如同奔腾江河受困于胸中，生出一种激荡翻涌不得宣泄的苦闷来。

口既不能言，豪情就只能自别处抒发。杨宁错步拧身出枪，美景如画，长枪如天外流星，突显于画中！接着杨宁旋身向下，足蹬石壁身体几乎平行于地面，就这般以垂直石壁为台，以大漠雪山为景，一边运功在石壁上疾奔，同时将六路杀伐之枪尽情施展开来。戳、刺、挑、拨，雪月枪犹如荒漠中腾空的游龙，搅起阵阵黄沙；横、拦、扎、砸，两尺枪锋与杨宁心灵相通，往复变幻如电扫残云。

看惯了逼仄街巷、经历了人心莫测、饱尝了心酸舍得，便觉得活在世间犹如囚身于井底，只能在这方寸泥污中挣扎！今日方领会，世上另有一番这般天高云淡的壮阔，另有一幅这种群山捧日的雄奇。大丈夫为人，要如这昆仑山旷世独立，不做待宰的豚犬苟延残喘。

杨宁豪情澎湃，枪势如海潮翻涌，渐强渐冽，枪锋带起的罡风竟然扯动台顶两人的衣角飞扬。一阵卷地长风掠过，扬起阵阵黄沙，沙尘被枪锋上发散出的罡气聚拢吸附成一团，紧接着又被疾刺的枪锋一击挑散。

那游客身怀高深武学，自然看得出这路枪法的妙处，此时也不免为之动容，他随着杨宁舞枪的节奏击掌为节，纵声高歌道："长枪所持兮，威服四夷，长枪所握兮，怀远藩属；横枪于野兮，孤身无惧，横枪于途兮，直不可欺！"

那文士点头赞叹，朗声大笑道："枪锋雄，枪势威，此为堂堂正正之枪！非刚正之士不可用，非忠贞之士不可持！枪随其主、武随其人，能有这般凛冽而刚正之枪者，这少年今后必是武林正道中的擎天之柱！"

文士从脚下的行囊中摸出一袋酒来，对游客道："方才在燧台之下，这位仁兄你身怀高深武功，却不愿恃强凌弱驱赶于我，而是安静忍耐等在一旁，这份傲骨与气度，请容我敬你一杯。"

游客笑着接过酒囊，招呼杨宁道："且上来与我二人同饮一杯！"

杨宁收枪跃上燧台，接过酒囊请教两人的姓名。那文士道："某姓张名巡，蒲州河东人，刚刚得中进士，趁朝廷尚未拨派之时，自长安出行，愿游历四方，揽人间美景、会天下豪杰，岂不快哉！"

那游客接过酒囊，仰头灌下一大口，略一沉吟，才开口道："某姓王无名……生于鲁地，孑然一身、漂泊江湖。"他身形高大，不束发不理须，宽袍跋鞋、坦怀敞襟、偏又挂珠佩玉，颇有放浪形骸的魏晋名士之风。

他既不愿报名，杨宁与张巡对此人也并不警觉，其实两人并不知道，这位自称王无名之人，竟是恶人谷的谷主、十大恶人之首、一人屠尽自贡城、令天下豪杰闻名色变的"雪魔"王遗风。

王遗风平日洒脱不羁、率性任为，从未做过隐姓埋名之事，可今天难得的美景、佳朋、雅兴俱在，可以饮酒、赋诗、可以高歌、阔论，这些是他数年来都不曾享有的乐趣。他破天荒第一次担忧，若是自己报了真名，恐怕这置酒抒情之乐，转瞬间就要变成一场陌生人之间的血腥厮杀。

所以，王遗风稍做犹豫，暗自叹口气，最终隐去了自己的名字。

但王遗风这般任性不羁的性情，却偏偏很合张巡的胃口，他兴致颇佳，拉住王遗风道："王兄文采不凡，一看便知是通晓经史之人，今日我等兴之所至，便在此做词一首为记，如何？"

王遗风以为是这张巡酒后狂放，自诩得中进士，想要与自己比拼一番诗词造诣，顿时激起好胜之心，点头应道："好！那你我二人，便以……以自己此时心境，填一首现今流行的词牌如何？就选念奴娇为题吧！"

张巡微微捻动下颔短须，沉吟道："不写景、不写史，以自己为题，这倒是新鲜！"他抬头仰俯天地，注视远处连绵山川，又在平台上沉思片刻，点头道："既然这样，那我先填上半阕，下半阕便留待王兄的佳作了！"

张巡将两臂平展伸直，微闭双眸，似乎是将这千里山川尽数揽抱在怀中："北溟鱼也，自从来不是，池中之物。得势欲冲霄汉去，不作书生寒乞。翼若垂云，扶摇直上，意气如风发。天生骐骥，岂容驽马同列。"

庄子有云：北冥有鱼，其名为鲲。鲲之大，不知其几千里也。化而为鸟，其名为鹏。鹏之背，不知其几千里也。这上半阕张巡以北冥鱼自比，字里行间可见豪气冲霄、文采飞扬，更将个人志向抱负表达得淋漓尽致。

于是王遗风要接填下半阕，就相当为难了。他本来提议写心境，而非写景、写史，便已经拔高了创作难度，而张巡直接用鲲鹏破题，来比喻自己的志向。鲲鹏是世间最大、最高、最神之物，王遗风短时间找不到能与它相提并论之物来咏志，一时间竟瞠目无言。

看着眼前意气风发的文士张巡，王遗风心中忽然闪现这数年来自己所行、所经、所作，当年的鲁地神童、武林新秀，竟成为现今让百恶慑服、万人切齿的恶人谷主，造化弄人，真可成一叹了。

后事虽无可惧，前事却无可追。王遗风侧过头去，望向来路，缓缓吟道："回首人海茫茫，荒街穷巷，倦客谋生拙。醉梦浮生多碰壁，傲骨于今都折。尽我余才，临风三弄，铁笛吹犹裂。河梁别后，举头还共明月。"

下半阕相比上半阕，可谓两相极端，从鲲鹏志向一下拉入到现实的冷酷之中。人生于世，不过沧海一粟，造化如炉，炼熔芸芸众生，谋生不易、傲骨难留，纵有三千神通在身，也不过落得临风吹笛，形只影单。

这两半阕词虽所咏心境截然不同、差别极大，但合在一起却丝丝相扣、契合流畅，听来更令胸中莫名平添无数感慨。张巡与王遗风各自默念几遍，都觉得填写的颇有味道，竟无须更改，浑然天成。

王遗风向杨宁挥手道："少年，烦你用枪，将这词刻在燧台壁上为记，等十年、二十年之后，我三人再于此处相遇，到时再饮酒、观景、填词，岂不快哉！"

杨宁欣然跃下，雪月枪锋过处，石屑碎末纷纷，将这阙念奴娇刻写在石壁之上。

可自此后，命运如洪，将所有人裹挟着随波沉浮，三人散落江湖中，竟再未至此地重逢。

十年后，有人考证出这首词的填写者"王无名"，居然是个大魔头的化名，岂能容此等人言论留存世间玷污耳目，便将石壁上王无名这名字凿毁。

许多年后，有迂闲人著书立说，言当年安史之张巡义守睢阳时，竟然在绝境时吃人，乃是丧失人伦大节，遂纠集人将这壁上刻写的张巡的名字也凿毁了。

又许多年后，有人歪论邪说，言当年立誓不让胡马南下践踏唐土的将军杨宁，乃破坏宗族融合，有违天道。遂将整首诗词凿得残破不堪。

人心变异，尤甚大漠风沙。

酒尽兴至，豪情随风远散，三人挥手作别。王遗风问及杨宁去向，杨宁回应要去恶人谷。王遗风顿感诧异，随着十大恶人齐聚谷内，十恶斗七星之后，整个江湖莫不对恶人谷另眼相看，除了谢渊这执拗人外，天下人对此谷莫不敬而远之，各家门派子弟也绝少敢来此寻机生事，王遗风盯着杨宁，猜测这小子究竟在打什么主意。

他扫了杨宁一眼，淡淡道："你说的那地方，刚巧我去过，倒是可以帮你带路，可这等凶险之地，你果真要去？"见杨宁用力点点头，一副毅然决然的样子，王遗风面色如常，心内却暗骂道："这谁家教出来的呆子，师傅也没听说过恶人谷的威名么？"

"你为何定要去那里？"

"我……我有一个朋友失落在那里，我要去找她。"

王遗风冷笑道："朋友？我还当是有什么宝贝失落了，还是有什么仇家在谷里，居然是为了朋友？区区一个朋友罢了，值得你去犯险吗？那里可是恶人云集之地。到前面的城里买上几坛好酒、再切下两盘肉，马上你就会有很多新朋友。"

杨宁无视他的讥讽，回应道："我生来飘零，能结交的人不多，能真心对我的更是寥寥，我算是欠了这朋友半条命，必须要还她。"

王遗风目光一闪："谷内恶人成群、凶徒遍地，你这样一个人去，怕是连自己的性命也要扔在那里了"

杨宁扬起头来，深吸了一口气，说道："恶人又如何？我迟早会诛尽天下恶人。"

王遗风心中大奇，眼前这少年气宇刚正，心思单纯，犹如一扇璞玉，也罢，就带他进谷，让他见识一番人间善恶，看看他到底能做出些什么事情来。

次日一早王遗风引导杨宁进山，穿过数里峡谷之后，进入一处遮蔽严密的石洞密道，燃起火把在洞内穿行许久，跨出洞口后，眼前出现一片数亩大小的平地。数十步外的另一端有一道台阶，蜿蜒引向山腰上一处仅能容一人通过的峡谷，峡谷之外的山壁上，立着被人工磨平两张桌面大小的一块石岩，岩上凿刻有龙飞凤舞的八个大字：一入此谷，永不为奴。

杨宁立在石阶之下，心中一阵悸动，这就是世间传闻群魔汇聚的恶人谷？里面果真如传闻所说，尸山血海、鬼魅横行？她……真的在此处么？叶未晓叫我务必小心，不要轻易进谷，说一旦失落谷内，就连他也没办法援手……

此时王遗风已经沿台阶迈步而上，他行至谷口将身后背囊放下，把靴子脱下扔进背囊，拎出一双木履踩在脚下，回过身来长袖一摆，做了个邀请的手势招呼杨宁道："在下王遗风，便是此间主人，恶人谷已许久不见客至，杨少侠请随我来。"

杨宁闻言瞠目大惊！这自称王无名、与自己观景畅饮、陪自己穿山越岭行至恶人谷的游客，竟然是天字第一号大魔头、恶人谷主人、雪魔王遗风！而此时这整个江湖都想要诛除之人，就在他身前几步远的地方，施施然换好了鞋子，一手提行囊、一手分开藤蔓，归家般轻松地走入谷内。

江湖传闻王遗风武功深不可测，但不论如何，此时他背对杨宁两手空空，又在此逼仄的谷口地势下，若是杨宁出枪突袭，纵然胜算多少未可知，但一定会好过以后两人反目之时。

杨宁用力攥了攥枪杆，心中暗想："即便此人是一个手屠万人性命的魔头，可在人背后出枪偷袭，又岂是英雄所为？自古邪不胜正，即便是搏命拼杀，也要输赢的明明白白。"杨宁就这样目送王遗风，施施然走进谷内，他强压住挺枪杀入谷中的冲动，连枪套都未曾取下，甩开大步，紧跟在王遗风身后。

穿过峡谷，行三十余步，眼前豁然开朗，竟是一片方圆数十亩的平原，好一片山青竹翠之福地，芳草鲜美、水流潺潺。两座数人方能合抱的石柱矗立在平原正中，左右石柱上分别篆刻了四个涂红大字：向善、存仁。

有童子迎上，接过王遗风的行囊，为他换了熨烫整齐的干净长袍，又为两人奉上毛巾、热茶。王遗风随手一指道："那边是去年种下的二十多亩花卉，如今倒是金丝芍药先开了，正好迎客。去请各家主人来山堂，一起饮酒、迎客、赏花！"童子领命而去，王遗风带着杨宁沿石板小路缓缓而行，真像山庄主人般，轻声慢语向杨宁介绍此间景物。

杨宁初到恶人谷，见此处鸟语花香、麦田整齐，与寻常谷地无异，他转过竹林，远远瞧见山坡上有几个半人高的包铁木箱，散乱摆放在一棵大树之下。杨宁拢目望去，只见最外侧的木箱外有黑乎乎一团东西，似乎是蓬头散发的一个人头。

见杨宁好奇，王遗风驻足解释道："那是行刑用的棺箱，里面关着一个为非作歹的恶人，只留他的头颅和左臂卡在箱外，方便取食。箱子是封死的，这人的排泄就只能在箱内，十余天后箱里便生蛆虫，人体也会随之慢慢溃烂，无数蠢蠢而动的蛆虫就会爬满人身，将此人的下肢与身躯啃食干净，视情况可能要等上一个月或更久些，这人才会慢慢死去。"

杨宁只略略想象了一下木箱中状况，就已经全身发冷头皮发麻喉头发痒，几乎就要当场呕吐出来。可这般天底下闻所未闻的折磨刑罚，王遗风却犹如介绍园中花木盆景般，说得轻松平静。

箱中人听见说话声，侧头见王遗风在此，扯开喉咙用天底下最难听最恶毒的言辞破口大骂起来。王遗风招呼小童过来，问道"安平先生这几日饮食可好？"小童回答有青菜和肉饼。王遗风点点头正色道："养生之道，贵在荤素搭配，不可油腻。平日茶饮也不能缺少，给安平先生送壶茶去，免得先生口渴。"

小童捧了茶壶跑过去，顺手将十余枚串成一串的银锭子，挂在棺箱旁边的木架上。两边木架上倒摆了不少的铜钱、银锭、金珠、绢缎，还有些卷轴和字画。见杨宁面露疑色，王遗风解释道："那些都是谷中人闲来无事押注用的，赌这人能撑到多少天才死。"

杨宁怒道："一刀结果了性命岂不痛快，为何要这般残忍折磨于人？同生为人，如此以施虐为乐，人性何在！良心何在！"

王遗风看着杨宁怒气冲冲的面庞，微微一笑，束手道："所谓刑法者，一是为警惩后人，二是为泄恨抚怨，若是伤害你至亲至爱之人的元凶在此，你肯简简单单一刀就了断恩仇吗？

"他们安平、安宁两兄弟是恶人谷的接引人，就是因为这做哥哥的贪财无度，不肯打开机关，致使两名经历九死一生逃至此处的恶人，因无钱而受阻于谷外，被在外巡查的浩气盟取走了性命。若不严惩他，如何给天下恶人一个交代？"

杨宁摇头道："可用这般刑法作为惩戒，分明是以施虐为乐！难道这谷中恶人，都是铁心铜胆吗？"

王遗风舒了口气，淡淡道："能扛过天下人的打杀逃至此谷的，哪一个又是普通人，寻常惩处哪能吓得住他们？根本达不到警告的目的。再说，此间本就稀缺娱乐，若不如此，他们便觉得无趣,岂会满意?"

雪魔堂外,一名身穿青衫、满面伤疤的壮汉走下台阶,迎上王遗风抱拳行礼,"恭迎谷主归来,酒宴已经备好。"

王遗风点头,将此人介绍给杨宁:"这是我谷内总管事百里知安,也是十大恶人之一。"他言语中故意屡屡提及十大恶人,表露出一副反以为荣的样子,想看杨宁如何应对。

杨宁眉头紧皱,努力克制自己的怒意,两手向百里知安抱拳,以客人身份向他行礼。

百里知安上下打量杨宁片刻,点点头,伸手向堂外一引道:"酒宴设在平安客栈,片刻后诸恶齐聚,杨少侠请随我来。"

宴会就设在平安客栈外的一处木亭内,周边是一大片绿油油的菜田。杨宁四下张望,见此处背水洼而面菜圃,洼内偶有蛙鸣,田边草人、农具一应俱全,木亭粗疏无漆,木柱斑驳陈旧,耳中竟还隐隐传来孩童的读书声,几乎与乡野间的村落亭场无二。杨宁心中暗想,越是凶险之地,往往越显得平淡无奇,不知道刘梦阳到底失落在何处。

百里知安边行边讲,是昨天柳公子在后山新获一头小鹿,交给客栈掌柜花蝴蝶去收拾腌煨,正好拿来烤肉。只见亭内站立一名身高肩宽的锦衣女子,一手叉腰一手捏了帕子,正指挥两名伙计布置酒宴。亭里早就备下十张案几,每张几上都有一座燃着炭火的小泥炉,炉架上是一块手掌大小的薄铁板,旁边还备有各种盛装调料的杯盏与配菜。

杨宁往常与别人吃肉,都是架火烤羊,几把小刀在众人间传递,轮流动手从羊身上割下烤熟的肉,配着浊酒大口吃喝,这般烤法还从没见过。王遗风瞥见面露惊讶之色的杨宁，笑道："这里的烤肉与别处大不相同，是由人将生肉切好端到你的桌上，你自行在铁板上涂些油，再覆上肉片，待两面烤熟后蘸料而食。"他顿了顿，自嘲道："我们都是恶人，所以平时若有别人在身边手攥着刀子，谁心里都会不大舒服，这样子吃饭大伙都能安心些。"

听见亭外人说话，那高个女子转过身来，精梳坠马髻、斜插步摇钗的鬓发之下，竟是一张颇为精致的圆脸，只是眉毛略粗、口唇略阔。这女子的嗓门不弱，高声道："谷主回来的正巧，鹿肉腌透，嫩而不膻，佳酿蒸得，醇而不冽。哎哟这谁家小哥，可真是俊俏，看得奴家我真有些心动呢。"

百里知安摆手道："花蝴蝶你少发春心，谷主要你去搬他窖藏的好酒来，杨少侠远来稀客，要拿出好东西来给他接风。"

花蝴蝶的面色居然一红，用手帕遮住嘴角笑道："晓得啦，桌上摆下好好的酒，尸菜田里刨好深深的坑。"

说话间，陆续有人来到。最先走入凉亭的，是一位步履飘逸、身形消瘦的中年文士。他一身玄色长袍，白发披肩，两手深深揣在衣袖之中，腋下还夹着教案，似乎是一位刚刚在私塾中给孩童开蒙完毕的先生。王遗风引见道："这位便是素手清颜康雪烛。"

随即到来的是一名正值豆蔻年华的女子，她华容婀娜、形容娇柔，一头如墨秀发用五彩绳随意束了，披在肩上，更衬出胸前一片肌肤如雪。桃红色的轻纱裙，用左手轻轻提住裙角，露出白玉足如霜，不着鸦头袜，轻薄罩衫下露出一小截羊脂般的纤腰，行止间更显身材曼妙。女子遥遥向杨宁一笑，绛唇微张,眼眸流转、柔情艳逸。王遗风笑道:"楚楚动人,夺命追魂。这是米丽古丽。"

远处有人施展轻功从屋脊上冒出,半空中张开双臂,从菜田上翱翔而过,灰雁般轻巧地落在亭外,抬手将薄薄一卷帛书抛入亭中。帛书在空中不卷不坠,犹如被无形之手托握着,缓缓飘到王遗风身前。王遗风接过帛书点头道:"烟公子请坐。"

亭外脚步声由远及近,一名身形矮壮须发皆白,身背药囊的老者,与一名上身赤裸遍体花绣文身,右腕断臂接嵌了一柄钢钩的秃顶壮汉并肩而至。最后来到的是一名文士衣着、头戴无翅蹼头冠的公子,以及一名颈挂念珠、身材宽胖的大和尚。

王遗风手撑条案点头道:"肖国手、沈眠风、柳公子、陈和尚,都到了。今日我恶人谷可称是群贤毕至,少长咸集。"

而此时杨宁的眼神,却完全落在最后那大和尚身上,这和尚赤裸上身斜披袈裟,露出胸前脸上条条深褐色伤疤。这些伤疤长短不等,蚯蚓般蜿蜒曲折,衬以这和尚灰暗脸色,甚为可怖,远远望去真如庙里伏魔噬鬼的金刚一般。可这和尚在杨宁看来格外眼熟,他分明是当年初见时强要自己皈依,而后与刘梦阳深入盐矿洞救人,危急时独立撑住机关让自己逃生的少林僧澄睿!

澄睿迈步走进亭子,目光瞥见坐在一边的杨宁,眼角轻轻一跳,他又偷瞟王遗风一眼,重重往条案后一坐,瓮声瓮气道:"我们这些大人物饮酒吃肉,你这哪来冒出来的小崽子?也敢在此与我等平起平坐?还不滚下去,难道要等佛爷我去拧下你的脑袋?"

杨宁闻言一愣,看澄睿恶狠狠瞪向自己,正要说话,王遗风却接过话头来笑道："看来这少年与陈大师是故人？有朋自远方来不亦乐乎，正该一同畅饮抒怀啊，大师这么急匆匆故意要把他赶走，难道是怕我等杀了他不成？怎的今日太阳从西边出来，大师要救人做善事了？"

澄睿被王遗风说破心事，伸手抓了抓头顶，冷哼一声，盘膝闭眼，摘下念珠盘在手中，不再言语。杨宁这才恍然，澄睿以为自己是无意中失落在此，怕自己落在其他恶人手中性命不保，因此才开声故作恶语，要将自己轰走，好给自己制造一个逃走的机会。

杨宁绕出条案，径直走到澄睿身前，双膝跪地抱拳道："之前在盐矿洞内，小子身陷重围，先赖大师仗义救人直捣虎穴，而后生死一线时又是大师您舍身救人，以性命换得我等逃出生天。我与……与她脱险后，再想救大师，已经无能为力。我二人当时在垮陷的矿山前发愿，日后要亲赴少林传扬大师的慈悲，要拜入大师座下，成为大师的记名弟子。不想今日竟然在此能得见大师慈颜，请大师先受我一拜！"

当时杨宁与刘梦阳、澄睿，在盐矿内与乌蒙贵大战后，矿内山崩地陷已是绝境，三人沿矿道一路狂奔逃生，脚下稍慢一步就有可能丧命于此。而面对堵塞矿道的滚石机关，是澄睿奋力用后背扛住，留下一丝缝隙给杨刘二人，换得转瞬即逝的逃生机会，他自己却被深埋于地下。

澄睿手上捻珠的动作一停，那些不堪回首的旧事恍然浮现在眼前。当日他拼尽全力撑起机关，让那两个娃娃逃走，自己却随着矿洞坍塌被深埋于地下，一个人被幽闭在恐怖深邃的无边黑暗之中。他念诵佛号，无人回应；他哭号求救，无人回应；他疯狂敲砸，无人回应！无食无水无光无路，他硬是凭一把戒铲和一颗求生之心，从山腹内挖出一条生路来。这期间没有菩萨出现，也没有神佛护身，只有求生的本能，支撑他不顾一切地在岩石中敲挖。他不知道自己究竟挖了多久、挖了多远，更不敢回忆自己在那期间吃过些什么东西，只记得当他终于打破岩壁，嗅到新鲜空气、望见天光的时候，他全身脱力喜极而泣，只觉得这辈子再也没有比活着更美好的事情了。

可是后来，就在他被卡在山壁间，伤痕累累、气若游丝，最需要帮助的时候，他遭遇的却是乡间顽童们的戏谑、尿溺、甚至粪包。他曾经以命相许救下两条人命，而在他身陷绝境时，却无人对他施以过一丝一毫的援手！

那一天他不知道自己在狂怒之下，杀了多少村民，有没有惩戒那三个顽童，等他清醒后看到烧成白地的村庄和满地尸骸，他就知道自己已经回不去了，满天神佛、尊者、菩萨，都已经弃他而去。

可他还是心存一丝侥幸，想要回少林寺，毕竟那是他自幼生活的家，有师父师兄弟们在，他想忘掉这一段噩梦般的日子，再做回自己，再回到之前那种晨钟暮鼓、念经修禅的平静日子。

可是澄睿错了！一个人想过什么日子、做什么事情，从来都不是他自己能决定的！人皆为鱼肉，人只是鱼肉！

戒律院中的那几位掌律尊者，根本不听他分辩，分明就是想要他死，当面对他说："触犯多条戒律，犯下如此严重的罪行，你只有死才能解脱。你自己下不得手，我们便帮你解脱了！"澄睿没有死于尸怪、没有死于矿洞、却要死在他视为家、视为最后依靠的寺院里，死在他向来敬畏的师叔师伯们手上。

这难道就是要自己日日夜夜参悟的佛法？这难道就是要他勤修精进的波罗蜜？佛祖要让他饱受劫难，再给予一死吗？

澄睿想不透、参不破，他只觉一腔郁闷，原本那些自幼就熟读倒背的佛法，忽然间变得字字生僻、句句陌生，就像无穷无尽的恒河沙，塞在他的胸口。澄睿将自己胸口抓得血肉模糊，却仍然理不顺这佛法。搞不懂，那些佛法深邃的大德高僧们、那些一心向善不杀生的大师们，为什么就是要将他置于死地！

于是在一个月黑之夜，澄睿反出少林寺，出逃的一路上，他揪住一切可以遇到的人，诉说自己的不解，将自己理解的佛法说给人听，可是说来说去，他也不能自圆其说，到最后只能揪住别人的衣领，大声吼叫："为什么？为什么！"他这副疯癫模样，反倒被人耻笑讥讽，被人当作一个失心疯的怪物。澄睿怒恨交加，有个声音在他心里越来越响亮："杀掉这些不懂你心的，他们不配活着，只将那些懂你心的留下，他们才配做人！你就是光明，只有你能带给大千世界一片光明！"

澄睿嘴角微微发颤，强压住心中翻涌的思绪，开口恶狠狠道："从前你们没人信我、拜我、师我，求着你们皈依都不愿，等我死了却要信我、拜我、师我。滚开！别叫我澄睿！世间早无澄睿僧，只有陈和尚！大光明僧陈和尚！"

杨宁见他暴怒，也不敢再多言，当下拿起条案上的酒壶，斟一杯酒捧到澄睿面前，"晚辈杨宁，借此酒敬……敬前辈陈和尚。"

瓷盏中酒色殷红，酒液泛着光泽，一股香气扑鼻而至。杨宁暗奇这是何种美酒，怎的与长安等处的浊酒完全不同。王遗风笑道："此酒乃是选自西域生产葡萄所酿之上品，三蒸三晒之后，十斤能得六斤，我再以两成剑南佳酿勾兑，搅拌均匀后再蒸再晒，静至三个月后方成。因此酒味甘平酒性凛冽、酒色殷如玛瑙流光，我给它起名'英雄血'。"

话到此处，杨宁心中忽然警觉，从入谷至此，为何王遗风总能轻易看穿自己心中所想，每每将自己所疑所惑之事提前回答出来，似乎能轻易窥穿自己的心思。杨宁哪里知道，王遗风少年早慧，心思远较他人敏锐，诸人表里不一之处，笑里藏刀之言，他都能一一察觉，而成年后王遗风所习红尘武学最重修习心神，以己之心静操敌之心志乃此派武学之最高境界。因此就察言观色、揣摩心思之道，用在杨宁身上，只如狮子搏兔般毫不费力。

旁边柳公子已经举起酒杯，哈哈大笑道："好一个'英雄血'，今日我必当开怀痛饮，将那些道貌岸然、妄称英雄之人的血吸得干干净净。"

康雪烛笑着摇头："谷主真是有趣，如今人心不古，文人崇尚空谈、武将怯懦如鸡、草民争利私斗、乡贤敛财奢侈，世上哪里还有英雄？只留我等闲饮英雄血，不见英雄事。哈哈哈，尽饮此杯便是。"

亭中恶人纷纷仰头饮酒，唯有杨宁，被方才康雪烛的话触动，心念纷转之下，轻轻斜起酒碗，将琼浆美酒慢慢洒在地上。

沈眠风见了面色一沉，冷冷道："这般好酒被你糟蹋，待会儿便将你身上的血放出来，填满这酒盏。"

杨宁来此之前，也曾被叶未晓按在树下，喋喋不休强行灌输了一个多时辰的故事，讲述这十位恶人臭名昭著的恶行恶事，与性情手段。那康雪烛本是万花谷身份尊崇的门客，雕工冠绝天下，号称圣手，而这位圣手却暗中劫掠女子，解剖活人骨骼筋络而求进境。最终因对七秀坊高绛婷先诱骗而后剔骨，行径败露，江湖人群起而攻之。而先前那位柳公子，以偷盗为能、以毁物为荣，不论多么稀有珍贵之物，不管是唐门还是大内，只要不入其法眼，统统毁之。偷盗在先、毁物于后、再作藏匿，这便是他成名的一身本事。

杨宁目视两人，冷笑道："英雄行事，本就是小人所不解。大丈夫彪炳千秋，何妨顾忌成他人谈资。以你等之心取笑戏谑，可知你二人，并未见识过真英雄。"杨宁手指康雪烛道："真英雄，只会挥刀向更强者，不避凶险，以堂堂正正战而胜之为荣；真小人，则挥刀向更弱者，以操控弱者生死为乐。"接着杨宁直视柳公子冷笑道："不告而取之人，藏匿奔逃之人，更见不得有人还心存良善，见不得有人因心怀良善而安乐美满。恨不得全天下人都比自己还要恶毒，才觉得自己高人一等。"

这两番话，直刺进康雪烛与柳公子心中，康雪烛嘴角微颤，柳公子立时就要掀桌而起，但扫过王遗风的面色之后，终究还是强忍了怒气坐下，愤愤然自行斟酒，一饮而尽。

沈眠风冷笑道："那这里只有杨少侠你是真英雄了？可否讲讲你的所作所为，我等洗耳恭听。"

杨宁轻轻摇了摇头，缓缓道："我哪里是什么英雄，我只不过是一簇野草、一柄长枪而已。"

沈眠风冷笑几声，正待继续出言讥讽，王遗风接过话头，扬了扬手中方才烟给他的帛书，开口道："月前杨少侠在环州城北壶口关，一杆枪挡住两千杂胡精锐骑兵，守住城关不失。

绝境不退、力战不屈，算得上是英雄所为！"

此言一出，在座众人皆惊，开始重新审视眼前这位少年。

杨宁依旧摇头道："我不是英雄，可我见过真英雄的样子。城关守军里有位英雄名叫白毛狼，他身为斥候不幸落入敌手，被逼到城下喊话劝降。当时他受杂胡胁迫，即便是假意敷衍求饶，我们也能理解，可他却将生死置之度外，在城下当着千余人的面大骂杂胡，勉励我们坚守城池，最后在城门前以身殉国。还有一位名叫曲大山，因我临阵经验不足，被杂胡趁机而入，使诈猛撞城门，是这位英雄挺身而出，当机立断抱起火油罐，引燃之后跃下城头，与敌人同归于尽。"

杨宁举起酒碗，缓缓道："谷主方才讲，此酒名唤'英雄血'，我捧在手中时便想起这两位的音容笑貌，和当时力抗强敌的七十多位袍泽兄弟，所以才将酒倾在地上，以敬他们在天之灵。"

众人听完杨宁讲述，一时均沉默无言，半晌后百里知安高举酒碗，向上天一扬道："我祖籍老家便在环州，这些年有赖这些不见青史留名的寻常将士，百姓才得以安居乐业，陶某以此酒敬血洒边关的将士，那些人方是真英雄！"王遗风等人纷纷点头，也跟着扬起酒杯向天，以杯中酒敬祭在天英灵。

沈眠风与柳公子对视一眼，开口道："原来杨少侠早就名声在外，所以看不上我们这些穷凶极恶之辈，也是理所应当。"

肖药儿咳嗽一声，一边翻动铁板上的肉片，一边道："善恶？善恶哪有这么分明。从来都是善恶一心，良心丧于困境，道德败于绝境。生死关头，哪一个不是顾着自己性命要紧，谁还有心思明辨善恶。"

百里知安长叹一声，"小孩子眼里只有善恶，等到成年之后，所见便只有利益。"他当年号称百里善人，斋僧施道，常设粥厂，只因救济的流民之中，藏有两名隐姓埋名的武氏后人，便被当地官府按通匪罪名将全家围住，一把大火烧的老少不存。他侥幸活命之后，奔走告状却无人敢为他出头，反倒屡遭出卖，他一怒之下弃文从武，从此这世上便多了一个好以种种手段虐杀官吏的恶人。

柳公子嗤笑道："假使杨少侠有同胞兄弟，你二人刚刚出生，在母亲怀中争抢一个乳头时，难道你俩之间就懂得温良恭俭让不成？人性本恶，是刻在骨子里的，所谓良善，只不过事不关己而已，若触动自身，世上随便哪一个人的狠毒都不亚于我等。"

一直未曾开口的米丽古丽，忽然叹口气道："可怜那两位英雄，再也喝不到美酒、吃不到美味、见不到亲人、感受不到冷暖。试问大战过去之后，除了杨少侠之外，还有谁会惦念他们？三五年之后，英雄冢上，怕也是荒草盈盈了吧。"她早年一往情深恋慕义兄沈酱侠，为此不惜忤逆义父明教教主陆危楼，与全教对立，却因为所爱之人的优柔寡断，最终心死情灭，修炼内功时走火入魔。米丽古丽以手托腮，倾身斜坐，轻轻道："若是为了旁人欢愉，却要自己承难受屈，劳筋伤骨，又如何对得起自己？"

沈眠风斜视杨宁，冷冷道："我管你什么英雄小人，什么良心善恶。我只知道这里是恶人谷，是我们的地盘，在这里我想怎样便能怎样，我想如何便要如何！"他转头喝问一个正在忙着上菜的奴隶："喂！你叫什么名字？"

那奴隶吓得一哆嗦，连忙跪倒在地应道："小的贱姓公冶……"

这奴隶话未说完，沈眠风两指一弹，竹筷疾射而出，从这奴隶的左太阳穴射入，竟然穿透颅骨深入一半。这奴隶高声惨呼，摇摇晃晃抱头起身，另一只竹筷直接自他心口处穿透，立时毙命。出手之人却是旁边微闭双目的康雪烛。

见沈眠风怒目而视，康雪烛冷冷斜他一眼，说道："要杀人就利索些，非要聆听这些惨呼哀叫的，回你自己山上随你折腾。"

沈眠风转头面向肖药儿道："肖国手，杀一个你座下奴隶，得罪了。"话虽如此，可从沈眠风的面色与举止上，看不出一丝丝歉然之意。

肖药儿微微摇头道："哦，你倒便宜了他。"

这番故意而作，杨宁自然看得出，是在向自己示威，显示恶人谷乃是他们的地盘，在谷中这十人就是神魔，就是天意，有生杀予夺的大权，掌握谷内所有人的生命。只要踏入此谷，没人奈何得了他们，也没人能指摘他们，所有招惹他们的人，最后就是死亡这一个下场。且听肖药儿所言，似乎这般草菅人命，居然还算是仁慈行径。

杨宁面色一变，手按长枪怒视沈眠风。沈眠风则迎上杨宁的目光，扬起下颌比画了一个手势，正式以挑衅姿态回应杨宁。他早就看这少年不顺眼，几番语言试探之后，见王遗风对杨宁并无明显呵护之意，便想干脆宰了杨宁，省得看他在眼前碍事。

这般剑拔弩张时候，忽然有人在亭外高声道："谷主，在下听闻故人来此，特意赶来，不知可否容某一见？"

众人循声向外看去，只见一人身材高壮，面皮黝黑，右臂残缺以假肢相代，左腿残缺以手拄拐，正一步一步走近木亭。此人站在亭外，将木拐支好，腾出左手撩起遮挡面皮的头发，朗声道："杨宁，许久不见，别来无恙！"

此人面皮上尽是伤疤，还有结痂的痕迹，又是独臂独脚，却一口喊出他的名字，杨宁上下打量了半天，实在想不起自己在恶人谷内还有旧交。

来人叹了口气，伸手从腰后摸出一支长笛，横在嘴边吹响。笛声婉转悠扬，清冷如冰雪、空寂如寒风，音色如同利矢快箭，瞬间洞穿杨宁的心绪。他情不自禁猛然起身，惊讶道："九孔笛音！向……福威镖局向斩萧！你是向大镖头！"

广武县中，杨宁受恶吏诬陷，被嫁祸灭口无法自辩，遂在柳家女陪同之下入山寻镖车，意图自证清白。遭遇这位向总镖头，用福威镖局独有的九孔笛，召唤出暗藏于镖车中经过调驯的云霄雀，指明了镖车掩藏之处。当时三人在山顶上疲惫不堪，依靠在一起分食一个馒头，向斩萧欣赏杨宁的坚毅性格，曾力邀他来长安城加入福威镖局。

后来镖车暂存县衙，向斩萧急匆匆赶回镖局，调集人手来取镖车上路，提及杨宁藏身地时，无意中被恶吏包天福知晓，才引发一场死囚牢中的厮杀。而运回县衙的镖车，引得明教三大尊者杀入城中夺银，间接造成了柳家女的殒命。

数月前杨宁与安庆绪入长安城缴送七星匣，离开长安时杨宁特意去到福威镖局，想见一见故人，却只见到副总镖头陈翰林和向斩萧的夫人郭小小。声言向斩萧自广武县取回镖车后，又被二次劫走，如今生不见人死不见尸，下落不明。

杨宁原以为人海茫茫，无缘再见这位年轻干练的总镖头，谁承想两人居然有缘千里相会，今日竟在这穷极荒僻的恶人谷相遇，而向斩萧缺失一臂一腿，身上伤痕累累，不用猜也知道曾遭遇过何等的残酷折磨。

杨宁转回头去，向米丽古丽怒目而视。

米丽古丽两手掩住胸口，樱口撅起，眼眸中流露出十万个委屈。向斩萧忙道："杨少侠误会了，我这半条性命，全赖圣女所救。"

杨宁闻言一愣，惊愕道："劫镖伤人的不是明教那三个侏儒尊者么？"

米丽古丽叹口气道："我义父创立明教时形单影只，但有不少西域波斯祆教教徒慕名跟随而来，转投他座下，后来这些人颇有功劳，义父又念及他们千里追随之忠心，便都大力提拔。可这些人已经习惯祆教多年灌输的教义，讲求虔诚、等级、奴役、孽业的教旨，与义父所倡导的明教新教义大相径庭，虽经义父屡屡大力纠正，但其观念依旧根深蒂固。这初次劫镖之人是我教内天明、天聪、天健三尊者不假，但二次劫镖又将向镖头迫害至此的，却是另有其人。真凶就是现在掌管福威镖局、娶了如花似玉的郭小小的那位陈翰林陈大镖头。"

杨宁闻言瞠目结舌，那位陈翰林他在长安城里是见过的，当时郭小小要送些礼物以报杨宁相助寻镖车之恩，却被那位陈总镖头巧言岔开话题。

旁边百里知安冷笑道："杀人、夺产、霸妻、还将人家老小灭口，陈翰林这样的人若是进得谷来，我等怕也是要退居次席了。可这人在江湖中偏偏还有照护遗孀、独撑镖局的侠名，真不知道，这天下究竟何处才是恶人谷了。"

杨宁恨道："向镖头你且稍等，等此间事了结，我必定陪你去长安城讨回公道！"

向斩萧苦笑几声，晃了晃右臂假肢，甩了甩左边半条腿。"杨兄弟你是个好人，可是你觉得公道换得回我的手脚吗？换得回我十年来推心置腹待他如亲兄弟付出的情义吗？换的来我家里数十口人的性命吗？公道是什么？公道就是个屁！这世间还有人会相信公道吗？世间若有公道在，我岂会这样！我怎能这样！"

向斩萧向亭中诸人抱拳道："承蒙各位出手相帮，延续我向某这条贱命，让我还能有报仇的机会。向某残生再无其他心愿，只想将自身所受，十倍偿还于当年害我之人。各位的救命大恩，向某今生再难报答，愿来世做牛做马，偿还各位的恩德。"

说完，向斩萧咧开嘴朝杨宁笑笑，抬起自己的残肢，用铁掌拍了拍杨宁的肩膀，转回身撑起木拐，于夕阳下一步一步缓缓走远。

百里知安轻轻叹口气道："此后，怕至少要有几十条性命了结在他手上，江湖人必然要安一个'独脚大恶'的名号给他。他这半条命，最后不知道会成全了哪个名门正派子弟的侠名。"

此时王遗风终于开口，笑道："杨少侠，眼看这向镖头只要走出此谷，就会引发江湖上一场血腥杀戮，至少数十人要命丧于他手。你何不赶上前去，一枪结果他的性命，这样止杀戮于无形，诛奸恶于未发，岂不是大大的好事？"

柳公子拊掌哈哈大笑："妙啊！以杨少侠之能，取他性命当是轻而易举之事，举手之劳名利双收，岂不快哉！"

杨宁垂头坐下，沉思良久，踞坐无语。

陈和尚方才一直在自斟自饮，此时酒至微醺，狂性渐起，他手按桌面仰头大笑道："世间万事艰难，唯杀人容易。不听良言的一刀杀了，不尊正理的一刀杀了，不行好事的一刀杀了，不念慈悲的一刀杀了。直杀到白茫茫大地才干净！"

杨宁缓缓起身，摘下封套露出雪月枪锋，两尺枪尖锃亮如雪："在下自出江湖以来，杀人不少，此枪锋饮人血过百。可我所杀之人，皆是强横凶恶之人，我从未向弱者挥枪，也从未以取人性命为乐。恶人无不好杀，而杀人者并非皆是恶人。只有那些以杀为乐、以杀为荣、专挥刀向更弱者之人、视人命如草芥巧取豪夺者，才是真恶人。"

王遗风摇摇头，长叹一声，似是有些失望，颇为遗憾道："名门正派的子弟们，空谈大道理的本事，倒是日渐精进了。"

百里知安倚在栏杆上，笑道："他们落单了，便是咱们仗势欺人；咱们落单了，便是他们戮力同心；咱们出手狠毒，乃是蛇蝎心肠；他们出手狠毒，乃是除恶务尽。呵呵，呵呵，都是些嘴上的大宗师。"

王遗风将酒罐翻起，倒满这一最后碗酒，转头道："杨少侠可曾喝好？对此酒满意吗？"在得到杨宁的首肯之后，王遗风继续道："酒入微醺、话至兴尽，正是杀人的好时机。来，按老规矩，各位共饮此盏，谁想要出手杀了杨少侠，就将酒盏扣在桌上。"

酒尽兴至，按常理该是宾主相辞依依道别，或是安排留宿之时，这恶人谷的规矩竟是在欢饮之后要杀人尽兴，怪不得方才花蝴蝶说要在"尸菜田里挖下深深的坑"了。王遗风仰头将酒饮尽，却把酒盏平放在桌上，淡然问道："来，谁要杀杨宁？"语气自然平和，仿佛在问哪家还有多余的被褥铺盖待客一般。

陈和尚沉默不言，救杨宁与刘梦阳乃是他今世所做的最后一件善事，他苦笑几声，将酒盏平放在桌上。百里知安一向唯王遗风马首是瞻，自然也是平放酒盏；烟几乎从不在人前杀人；肖药儿之乐在于用药石针灸折磨人，并不喜好这般刀砍剑刺的厮杀，所以这如同餐后点心般的杀人机会，就留给沈眠风、康雪烛、柳公子和米丽古丽四人享用了。

第五章

米丽古丽看了看四周，娇嗔道："打打杀杀我可不喜欢，女孩家出了汗就要把胭脂弄湿，不好玩。"说着也将酒盏平放。

沈眠风与康雪烛对视一眼，两人心中都明白，十大恶人名满天下，却是因为行事暴虐穷凶极恶，虽然论武功各有高深手段，但十人中武功最高者，真正能凭武功令江湖人不寒而栗的，就只有两个人。一个当然是谷主雪魔王遗风，疯狂状态下的百里知安和疯魔状态下的大和尚，加起来可算是另一个。

而今天这三人都对出手杀杨宁了无兴趣，这气氛就有些尴尬了。

沈眠风与康雪烛也随即满饮杯中酒，将酒杯平放在桌上。

剩下的柳公子看着平平整整的九个酒盏，微微惊愕地愣了片刻，也只好将酒盏平放。

名门正派的子弟踏入恶人谷，居然活蹦乱跳一直到现在，居然没人愿意出手将这个与谷中气氛完全不符的家伙杀掉。

还未等一众恶人搞清楚这是什么情况，杨宁已经抢先起身，抱拳道："各位前辈，我朋友纯阳门下刘梦阳，据可靠消息失落恶人谷。不知落在哪位手中，请交还与我。"

柳公子终于按捺不住，冷哼一声道："你当我恶人谷是村市、乡镇么？想来就来，想拿就拿！"他面色凶狠，余光却向米丽古丽瞟过去。

这一眼便令杨宁心跳加速，呼吸也不稳了。江湖中都传闻，米丽古丽修行明教妖术，要时常以少女之血沐浴，才能永葆青春容貌，同时习武女子的血液，也能被她吸收，增强其功力。不然她的功力怎能在极短时间内达到如此地步。

而米丽古丽也懒得遮掩否认，若无其事道："人是我自己凭本事抢来的，凭什么要还？"

杨宁将钢牙咬了又咬，眉头皱成一团，眼前这十人的武功都深不可测，自己独对其中一人都没有必胜把握，如何才能抢回刘梦阳？他略一犹豫，终于亮出自己的底牌："若是你能放她平安出谷，我便答应帮你做一件事，绝不推诿反悔。"他身无钱财、怀中更无宝贝，所能给的不过是少年一诺，愿意用一生来兑现它！

可是，这穷尽他全力才拿得出的底牌，他自觉最珍贵的东西，在旁人看来，却是一个天大的笑话。亭中诸人大笑起来，百里知安笑出眼泪、康雪烛摇头不止、沈眠风一巴掌拍在自己腿上、肖药儿捂着肚子笑弯了腰。

米丽古丽笑得两腮绯红，纤纤玉手按在自己胸口上，喘匀气之后对杨宁道："好啊，听说做王妃很好玩，我想当皇帝的妃子，想去大明宫里住一住，你帮我实现它？"

"或者，我喜欢金子做的首饰，你给我……"她伸出玉指在亭中一划，"用金子把这里填满了，也行！"

"再或者，你……你也可以带我回到从前，回到一年前那个月圆之夜、去那座小楼里，告诉那个傻傻的一边流眼泪一边不死心还在等的小姑娘，让她不要再等了。因为她相信一定会来接她的那个人，真的不会来了。她错了、她傻了、她太相信他了！"

米丽古丽眼中冷光迸射，起身冷冷道："明早我就把人交给你，可到时候她若不愿跟你走，可就怪不得我了！"

喜宴无连番，好酒有尽时。

百里知安要人召唤花蝴蝶，带杨宁去客栈安歇，肖药儿却拦住道："我见杨少侠肤色有异，让他去我那里将就一晚，也许我可以帮他料理一下身体，缓一缓毒性。"

肖药儿带着杨宁，一路上走走停停缓缓而行，将杨宁染毒与被救的过程细细问了，不觉已经行至毒皇院门口。守门的奴隶连忙迎上，接过灯笼推开院门，接着又端上来热毛巾和银碗盛的茶水。杨宁习惯性地点头道谢，却把那奴吓得面色惨白，跪在地上不敢抬头。

肖药儿道一声："稍坐。"回身先走到窗台前，用手依次轻轻捧起几个瓷罐，小心摇一摇，再慢慢放下；又将木架上横放的两排瓷瓶依次转了瓶身。杨宁无所事事，也正好四下打量一下这座简单的茅舍。这茅舍上下两层，层高壁厚，东西两面墙壁前是各种高矮架子，放置着红绿翠蓝的坛坛罐罐。北墙上挂着两排装裱过的仕女图，手笔简练清秀。

杨宁在仕女图上扫过几眼，隐隐感觉有异。他走到画前细看，只见一共十张仕女图，每张图中都有一位俊美女子。但这些女子不同于寻常仕女图中人物，做些挥扇、扑蝶、读书姿势，而是正面向外，上半身寸缕不着，一手背后一手轻托小腹。杨宁再细看，图中女子的小腹中，居然画有大小不等的婴儿，按顺序赫然竟是从珠胎初成到即将临盆，怀胎时每个月份胎儿在母体中的形状与位置，笔法精细、栩栩如生。

杨宁初时对画工惊讶赞叹，待想了一想过后，猛然间怒火暴涨，转身举枪，直指肖药儿！

枪锋当前，肖药儿毫不慌乱，有条不紊的在桌案上摆好脉枕和银勺，拉过一条雪白丝巾边擦手边道："小子还挺聪明，你猜得不错，这十幅图画便是十人性命所成就，你大可将它付之一炬，显你高洁风骨、正直良善。可等到日后你家女眷难产，命悬一线时，再想找此宝物助诊，可就没有了。这一套画卷，前前后后救下了一百三十六个产妇，若没有这套画，你以为能用这杆破枪救得了她们？"

肖药儿向前两步，抬手将雪月枪尖往外一拨，冷笑道："别学那些名门正派的傻子们，不学无术，就会做傻事！"

肖药儿拨亮白银铸造的油灯，那奴隶忙膝行过来捧起油灯安置在自己头顶。肖药儿拢目仔细看了杨宁舌根、眼底、耳内等处，屏息诊了他双手尺寸关脉，又指着桌下一个陶罐让杨宁小便。杨宁虽感诧异，却依言憋气努力尿了半罐出来。肖药儿先用净水洗过手，用布巾擦干，伸出食指在尿液中一搅，回手塞进自己口中。

此举被杨宁看在眼中，先是愕然瞪目，继而不由得发自内心暗暗钦佩。世间医者多是殷实之家，而名医更是身家富贵、用度讲究，能做到对贫贱者一视同仁不嫌不厌已是难得。像肖药儿这样，身居绝代名医的位置，世人以国手称之，在望闻问切之余，还肯亲自尝尿判疾，怎不令人动容。

肖药儿摇摇头，用皂角水和香茶净手漱口之后，回头一指跪在地上的奴隶道："端出去喝了。"

转瞬间杨宁又一次的愕然瞠目，看着那奴隶端起尿罐走出屋外，仰头捧至嘴边……

方才的敬仰与赞叹刹时间烟消云散，杨宁愤然拍案怒道："都说医者仁心，堂堂国手名医，也以折辱人为乐吗？你这般伤人尊严，还不如一刀杀了他！"

肖药儿并不理会杨宁，摇摇头道："孙老儿浅拙，教出来的徒弟自以为是。唉，能记住几个方子、能修和几分药性，就自称国手了，真是世风日下。"他转过头来，手指杨宁道："傻小子，你被裴元给害了！"

肖药儿面现怜悯，叹气道："世间毒物，不过草虫石水四类，譬如钩吻属草、蛇蝎属虫、白砒属石、红汞属水。这些毒物虽然霸道，但毒理相通，都是毒性不融人体，以毁坏脏腑为手段。而这尸毒，乃是用活人炮制而出，以人之血肉所养成，毒入体则与肺腑相融，毒沾血则周行全身，如何还能用闭穴换血这种治标不治本的法子？亏那裴元小子还自鸣得意，以此为能。"

见肖药儿侃侃而谈，所讲所说入情入理，杨宁心下大喜，忙道："那肖国手能否施展手段，将我身上的余毒除尽？"

肖药儿默然片刻，轻轻拍了拍杨宁肩膀，他本就身材矮小，因此要拍杨宁肩膀，就要踮起脚尖来。"世人都被孙思邈那厮蒙蔽了，以为他是活神仙，能药到病除、治病救人。其实医药本是两条路，只是殊途同归，善医者与善药者都能活人，但有些病宜药不宜医，有些病就宜医不宜药。"

见杨宁懵懂，肖药儿伸出手掌给他举例子："譬如有些人的肝坏了，他孙老儿呢就知道配药，护肝的、培元的、疏通的、固本的、理肺的，坛坛罐罐让你喝上一年，他还振振有词说生死要看天意。在我这里只消用刀把肚皮划开，把坏掉的肝削掉，再用药物敷好缝合，十天后就能下地走动。你说他孙老儿是不是远不如我？"

杨宁暗想，即便你说的有道理，可是也犯不着如此贬低孙思邈吧，孙国手这些年不仅医术精湛，更施医舍药救顾无数穷人，在天下人眼中宛如神仙下世无不恭敬，倒是你栖身恶人谷，可曾有一分善名得人称颂。

肖药儿手捻胡须，缓缓道："此毒已完全溶入你气血，无法可解，要除你身上之毒，乃在泄不在解。就像……就像人喝醉酒之后，撒过几泡尿，自然就会清醒一些，就是这个道理。"

他这般深入浅出的解说，杨宁顿时豁然，连忙点头应承。

肖药儿说话时，往返桌案与木架之间，选了几样不同颜色的瓷瓶放在桌上，又取了几个木匣摆在手边，解开皮套摊开在桌面，露出两排形状各异的锋利小刀。他摆手道："勿急，我医人一不收诊金、二不要土产，我只要人命。你若想要根除身上残存之毒，在我这里倒也不难，但你必按我所说杀一个人才行。"

这开具的条件，令杨宁眉头紧皱，自进入毒皇院以来，他眼见肖药儿行事，已经难以用常理来揣测。肖药儿虽然精于医术，但不仅行事偏激乖张，更兼自鸣得意，性命的生杀予夺对于他而言，如挥手般随意。很难想象这般草菅人命者，居然是当世孤绝海内的名医。

肖药儿不紧不慢摆弄着桌上的器物，宛若摸清了买家心思的商贾，一点点试探着对方出价的底线。而这般试探与要挟，看求治患者在良心与性命间往复挣扎，正是他从医的最大乐趣之一。见杨宁犹豫不决，肖药儿便道："你先天根基不足，好在天分颇高，所以习武有所小成。可是这尸毒太过霸道，让裴元小子这么一弄，你以为康复痊愈，其实毒物已经渗入你的脏腑深处。"

他掐指算了算，继续道："你毒性未尽，就调动内力连番苦战，元神大亏。若是调治得当，尚能有五十年寿数可活，若是你遇不到我，那最多就剩二十年阳寿罢了。"

说罢肖药儿狡黠一笑，凑近杨宁轻声道："以你的本事去杀个人，不过是举手之劳，却能多换你三十年阳寿呢。况且此时、此间、此事，天知地知你知我知，只要我不说，丝毫不损你英名。"

话到此处，肖药儿故意卖个关子，将后面的言语按下不说，笑吟吟看着杨宁面上的神情，想来他是玩惯了此种游戏，最乐意欣赏患者求生时予取予求、极力讨好的表现。

可出乎肖药儿意料，杨宁眼神中精光大盛，面色却不变，身姿也是端坐不动，坐在对面冷冷看着他。

肖药儿嬉笑道："难道你不好奇，我从阎王手里抢回你三十年阳寿，你不想知道我让你用谁的命来换吗？"

门外忽然响起一阵沙哑的笑声，宛如枭鸣鬼泣，在深夜中极为惊悚:"这老恶棍想要你杀的,乃是你至亲至爱之人,他最喜欢看的,就是人陷入绝境时的良心挣扎,和困境中的良知沦陷。他哪里是在救人,他只是个和你做生意的魔鬼,他把你的身体救活,却把你的良心、你的情感统统杀死!"

说这话的,竟是方才被肖药儿呵斥喝尿的那个奴隶,只见他站在门外双目通红,恶狠狠瞪着屋里端坐的肖药儿。

肖药儿手捻胡须,面现被人道破心机的厌恶,他头也不回,喝道:"滚出去切下左手一根手指头,塞进自己嘴里嚼碎了吞下去!"

那奴隶又发出呵呵呵一阵夜枭般的冷笑,举起左手向着杨宁轻摇,他左手上赫然已经少了尾指和无名指两根手指头!回想饮酒时,和方才肖药儿对这些奴隶的态度,杨宁不寒而栗。

而这一次,断指奴隶并未像方才喝尿时那般畏惧肖药儿,而是呵呵冷笑着慢慢迈步进屋,他小心翼翼先盯着肖药儿看了一阵,接着缓缓走到墙壁旁木架前,伸手搭在木架上,徐徐发力推动木架倾斜,让满架的瓷瓶瓷罐当着肖药儿的面,跌落在地摔得汤汁四溅!

这些坛坛罐罐都是肖药儿的宝物,其中不乏精炼多年的药汁、毒母,就这样毁于一旦!

但以肖药儿往日的暴虐,居然对断指奴隶这种胆大包天的冒犯毫不理会,只是低头端坐在杨宁对面,连话都不再多说一句。

断指奴隶又等了等,确认肖药儿没有反应之后,嘴角露出一丝诡异的微笑,他强压住心头的兴奋,又走到对面书架前,将架上堆放本册取在手里,一册册撕扯下来随手扬起,写满肖药儿亲笔字迹的用药手记顿时化为片片纸屑，在屋中飞舞。

肖药儿竟然对此不闻不问，还是眼观鼻口对心端坐不动。

断指奴隶终于敢放开喉咙哈哈大笑起来，他笑得摇头晃脑、顿足捶胸、声嘶力竭几近疯狂。同时在茅屋门口、窗口现出十余个人影，所有人都面色惨白，咬牙切齿冲肖药儿低声喝道："恶魔！你也有今天！"

坐在杨宁对面的肖药儿，此时双目赤红满头汗珠，两肩不停颤抖，身子摇摇晃晃几欲跌倒。

断指奴隶甩开短衣，露出身上道道疤痕，他右手自腰后拔出短刀，横指肖药儿缓缓踏前道："恶魔！老畜生！老贼！老奴才！你也有今天！来，你睁开眼看看我身上这些伤疤，都是拜你所赐！你再看看这些我公冶家子弟的惨相，今天便是与你清算的日子，我誓要十倍、百倍的偿还给你！"

断指奴隶前行两步双目含泪，咆哮道："磊儿！静儿！还有我公冶家老少三十余口，你们的在天之灵都好好看着，我给你们报仇啦！"

他挥刀猛斩肖药儿脖颈，肖药儿一手按住小腹，一手拼尽全力掀起木桌招架，立起身子却迈不动脚步，两腿一软跪倒在杨宁对面。断指奴隶一刀落空，跟上前几步一脚将肖药儿蹬倒在地。肖药儿借力在地板上翻了几滚，趴在杨宁脚边，哀叫呻吟道："杨少侠……救我……求你救我。"

拥进屋内的六七名奴隶各持短刀，面色狰狞咬牙切齿，将杨宁与肖药儿围在中间，杨宁横枪在手问道："你们有仇？"

断指奴隶将牙齿咬的咯咯作响，恨恨道："岂止有仇啊！是仇深似海，不共戴天！这恶魔将我公冶一族人绑架至此，废掉我们的武功，驱使我等为奴，在我们身上试药，将我们折磨得生不如死，我们恨不得吃他的肉、喝他的血！"

肖药儿蜷缩在杨宁腿边，浑身痛楚犹如万蚁啃骨，呻吟着反驳道："杨少侠不要听他一面之词！我肖家昔年与他公冶家同在汉王麾下为家将，他公冶家为谋夺汉王富可敌国的家产，竟然毁掉能救小世子性命的解药，还将与他交好的肖家、杨家灭门！可怜我肖家百余口人，只剩得寥寥几口，世代子孙也都要受毒药折磨，终生煎熬！"

断指奴隶喝断肖药儿的话："呸！老匹夫你难道就没有觊觎汉王家财？你独自把持解药，不就是想将汉王一家操控于手中吗？你我心中所想都是同一件事，谁也不比谁干净，装什么无辜良善！"

肖药儿鼻孔、嘴角开始有血丝渗出，呻吟声也开始放大，他厉声道："当年我虽有求财之心，但我不害人！若不是你与莫家先下毒手害我一族，我岂会被毒物折磨数十年，世代儿孙皆受连累，被痛苦折磨生不如死！你有什么资格指责我，你比我更恶毒！更没有人性！你公冶家有此下场，乃是上天报应，你全族为奴受虐，都是拜你所赐！"

断指奴隶嘿嘿冷笑道："姓肖的你临死还有脸演戏，自古财货动人心，当年你早就存了铲除我公冶家和莫家之心，一直在暗中准备，寻找机会下手。若不是我先发制人，我公冶一族坟上的乱草都要有三尺高了！"

这两人在生死关头以言辞为武器，将沉积多年的恩怨与恨毒一股脑说出来，都恨不得食对方之肉，寝对方之皮。此时杨宁眼前的两人，是数年前杀戮惨祸的主角，一场波及四大家族千余人的惨案，就是自这两人身上而起。当年汉王世子危在旦夕，卫、莫、肖、公冶四大家将，谁掌握了治病救命的蝶蕊巨木，谁就能把持汉王财富的命脉。于是蝶蕊巨木的出现，并不是活命愈病的好事，反倒成了灾祸的开端！

公冶家与莫家联合抢先出手，将有意独吞蝶蕊巨木的杨、肖两家，杀的血流成河、合族尽灭。肖家更是被施以霸道剧毒，世代子孙都深受折磨，一族三百余口所剩寥寥。肖药儿侥幸逃脱隐入恶人谷后，将毒物奉还施在莫家与公冶家身上，又引发一场屠族的杀戮，之后更将残存的公冶全族人抓回谷内为奴，用各种手段折磨。所以在方才酒宴上，沈眠风用筷子射杀了一个姓公冶的奴隶，肖药儿的反应却是：如此解脱倒便宜他了。

杨宁发愿以手中枪荡尽天下奸恶之徒，可此时此刻，谁又能说得清，在这场恩怨中谁是无辜、谁为恶毒？曲直在谁，是非源何？

即便当初肖药儿没有独占之心，愿意将解药分享，但那公冶家和莫家难道就不会有将解药掠夺，据为己有的念头吗？

而反过来说，即便当时公冶家与莫家甘拜下风，声言不再觊觎财宝，纵然卫、莫家主没有私心，可这两家的族人，就都完全相信对方，没有一点猜忌、疑心，没有剪除后患的想法？

贪恨怨恶，往往起于一念之间，一开始如油星、似墨缕，极细极微，不经意间在心中慢慢滋长、缓缓扩散，而后就在不知不觉间，形成飓风席卷、怒潮奔涌，令尸骸满地、妇孺哭号，吞噬掉无数人的生命。

冥冥中，这些都是天意。而此时能左右生死局面的杨宁，却无法判断该帮谁！

断指奴隶看出杨宁眼中的犹豫，他哪里肯错过这天赐良机，挥刀扑向肖药儿，杨宁瞥见他的杀意，下意识出枪封住他去路。杨宁本意是想用枪尖指住对方前胸，令对方不能上前，先稳住局面，再慢慢想法子解决这宗陈年血仇。可是那断指奴隶所求的却是良机难得，想方设法不惜代价也要杀掉肖药儿。他前扑之势不减，整个身子撞在杨宁枪锋上，将雪月枪尖全部纳入自己胸膛，接着他将短刀抛给同族之人，腾出两手来死命抓住杨宁枪杆，厉声高叫道："快动手！杀了他！"

他竟然用性命拖住杨宁，制造机会让族人动手。

杨宁不忍心抽抖枪杆让对方立即毙命，只好一手攥住枪尾，抬脚将扑上来的公冶族人踢飞。公冶家人被肖药儿废掉武功，但所学的招法还在，被踢飞的同时不忘将短刀扔给同伴，让对方抓机会去杀肖药儿，更有平日屡受折辱者，赤手空拳扑向肖药儿，完全是一种即便是用手掐、用嘴咬，也要弄死对方的气势。

一群武林中人，在杨宁面前就这样疯狗般咬成一团！

杨宁踢开两个奴隶，就有三五个奴隶转身张牙舞爪扑向杨宁，杨宁急忙横枪招架，对方一口咬在枪杆上，隔着枪杆伸手狂抓杨宁面门。好在这些人内功尽失，被杨宁三两下点住穴道扔在一边，此时肖药儿已经是满嘴血污、胡须稀疏，脸上青紫一片。

而此时肖药儿已经用内功压制住毒性，缓缓直起身子坐在地上，他恶狠狠盯着枪锋贯胸却犹未死的断指奴隶，问道："是你们在恶人谷里偶然发现了能诱发我体内毒性的植物对不对？你们偷偷炮制了它，制成药水喷在方才递给我的毛巾上对不对？想要趁机取我性命对不对？"

断指奴隶冷笑连连，笑声牵动伤口，他脸上显示出一番痛苦神色，他全身力气已用尽，抬不起手脚，只好挣扎着向肖药儿吐出一口吐沫："呸！恶魔！我先走一步，我不去投胎做人，我就在奈何桥前等着你，我公冶家几百人，都在那里等你。你等着我嚼你的骨！吃你的肉！饮你的血！"

这等恶毒的诅咒，从他嘴里源源不断涌出来，他喘了口气转头向杨宁道："可惜了，功亏一篑。少年人，你以为你救了他，他就会对你感恩戴德吗？嘿嘿，嘿嘿。没别的，求你发发善心，将我们都杀了吧，不然我们在这恶魔手里，只会求生不得，求死不能！"

杨宁转头看着肖药儿，问道："你会怎么处置这些人，说实话！"

肖药儿沉吟一下，扫了杨宁一眼，答道："既然今日欠你一个人情，好吧，我不会动手取他们性命。"

杨宁想了想，刚要点头，断指奴隶又一口吐沫喷出，大骂道："恶魔，你休想，这位少侠，求你给我们一个痛快！将我们都杀了！"

见杨宁犹疑，断指奴隶道："我太了解这恶魔的作风了！他是不会动手杀我们，但他会给那六人喂毒，再将第七人做成活生生的解药，逼我们相杀相食！而后再从剩下的人中挑一个做成解药，继续给其余人喂毒，这样让我们自相残杀至最后一人！"

杨宁大怒，转头怒视肖药儿。却看见肖药儿竟然点了头，随后仰起头道："的确如此，我肖某人敢作敢当，我肯定会用此法来折磨他们。除非你杀了我,不然我必定会这样处置他们!可是你若是杀了我,不但你身上的尸毒再无人可解,你试试看其他九大恶人会不会放你出这恶人谷?看看你要救的那个刘……刘什么阳,还能不能救得出去!"

杨宁心中杀意炽盛,恨不得一枪挑杀眼前这恶人,可正如对方所说,他偏偏又无能为力,奈何不得对方。杨宁扫视屋内,方才还满脸杀气、血贯瞳仁的那几个奴隶,一个个面色惨白瘫坐地上,脸上已现出绝望的神色。

杨宁暗自叹口气,走到那断指奴隶身边,低声道一句:"得罪了。"点了他胸口止血的穴道,一手伸到他背后缓缓送入内功为他续命,一手小心拔出枪锋,大簇的鲜血随着枪锋外拔喷出。

杨宁单手握住枪尾,甩枪锋压在肖药儿肩头,贴在他咽喉上。冷冷道:"不是刘什么阳,是刘梦阳!方才若是没我,你恐怕早就被他们大卸八块了。所以你欠我一条命,那就以你这条命换你一个承诺:让他们几人在恶人谷自生自灭,他们不再找你寻仇,你也不得再折辱残害他们!"

见肖药儿满脸不屑,杨宁冷笑道:"你也可以不答应,那也许我手腕动一动,就能让你口不能言、目不能视、手不能写,到时候你满腹怨气要如何说给其他九人听呢?我若说是今晚突袭来的这些奴隶害你如此,我出手施救已然不及,那你说他们九个会不会信我?"

肖药儿面色一变,此时他功力尚未完全恢复,还要与体内常年残存的余毒相抗,生死全在杨宁一念之间。他沉吟片刻,终于点头道:"好吧,就如你所说。架上有紫白黄三色药瓶,紫三白五黄二配好，无根水调之，连服七日，你们体内的毒便可以不再发作，让他们几个滚得远远的，别再让我看见！"

公冶家的奴隶们，瞬时间眼光发亮，脸上也显出神采来，赶上前来跪地给杨宁磕头为谢。

断指奴隶长叹一声，缓缓道："少侠你又何苦呢。"他此时已是油尽灯枯，再无力抬起手臂，只好攥紧右拳伸出拇指，向杨宁屈伸几下，代表自己磕头为礼。众奴隶抬起他，急匆匆走出茅舍，逃入暗夜之中。

肖药儿缓缓起身，从条案下的抽匣内摸出一个瓷瓶，倒出几粒丹药吞下，转头再看杨宁，目光中尽是不解与嘲笑。"人家都不领你情，说你何苦呢。知不知道凭你方才救我，就完全能以此为条件，让我帮你做一件事，比如彻底医好你身上的尸毒；比如让我帮你救下那个刘什么阳；最不济也可以从我这里讨些救命活人的丹药走吧？非要把这千金不易的机会，用在几个卑贱的奴隶身上？"

杨宁摇摇头，冷然道："不忍心见他们受你凌虐。"

肖药儿冷笑一声道："他们那些人手上，哪一个没沾染过我肖家人的血，你不忍见他们受凌虐？我肖家人当年筋脉寸断、惨呼哀号谁忍见了？你这般假慈悲，与偏袒凶徒又有何分别？"

杨宁沉默良久，环顾四周，茅屋里一片狼藉，遍地纸屑与水渍，凌乱凄凉的如同他之前十八年来的人生。杨宁缓缓伸出长枪，从地上挑起一本未损毁的书册，放到肖药儿面前的桌上。

"这些年我一直活得艰难，谋生之外还要应对许多险恶，有些人为财而图谋我；有些人为名而陷害我，还有些人只是不喜欢我，就像对待蝼蚁那般决定我的生死。身在如此江湖，活着，真的是一件需要非常努力才能做到的事情。"

杨宁收回长枪握持手中，深吸口气继续道："好在还有人真心待我，关心我温凉、留意我冷暖，她信我、赞我、能将她所有的一切捧给我，于生死绝境中，仍对我不弃。肖国手你曾说良心丧于困境、道德败于绝境，那是因为，有人将良心当作筹码，将道德作为交易，对付出的一切斤斤计较，把碌碌一生活成了一场生意。

"我杨宁愿一生持枪所见，不念过往、不惧将来，以枪问心，求善诛恶。"

肖药儿手捻胡须，沉吟良久，冷冷道："你要去找米丽古丽吗？嗯，这半夜里去的话……也罢，我就给你指一条近路。你出门左转走小路，两百步后见到一丛竹林，往左绕过竹林再走三百步有一片茶园，穿过茶园后向右三百步上山，翻过山头之后向北斗星方向再走两百步，过木桥后再向左沿着溪流走一百五十百步，然后转过一片桃树林，再往前走三百步见到一座亮灯的小楼就是了。"

杨宁走出毒皇院，沉思缓行，抬头见前方有一处瓜田，两个奴隶在瓜棚中看守凉瓜，见杨宁持枪而来吓得瑟瑟发抖。杨宁想了想，示意其中一个奴隶张开手掌，用枪尖挑起驱蚊的香棒塞进他手里，"香燃尽之前，带我到米丽古丽那里。"

木亭中宾客尽散，雪魔堂清简静寂，王遗风与百里知安相对而坐，桌上清茶香气弥散。

"真是有趣，这小子今天好命，居然没人要杀他。"

"也许真如他所说，恶人么，从来都是挥刀向弱者，以掠取别人性命为快，这样的人也更聪明，怎能主动向强者挑衅呢？不信，你让他们几个来砍我试试。"王遗风两手一摊道。

百里知安点点头。"很多时候，很多事情，其实都是在发生的那一刹那，就已经决定了结果。一旦做了，再无可悔改。"

王遗风点点头。"所以，只要有想杀我而代之的想法，他就一定会动手。"

百里知安猛然警觉，低声道："有人想杀你？"

王遗风淡淡道："不止一个。"

百里知安深吸了口气问道："都是谁？"

王遗风从食碟里捏出茶点，掰下一块摆在桌上："这个人有杀我的念头已经很久了，但是他没有实力，他很清楚与我之间的差距，于是他隐忍不发，等待机会。这个人，我们可以称呼他为'鼠'。"

王遗风又从茶点上掰下稍大一块，继续说："第二个人在谷内的实力仅次于我，杀了我他马上可以取而代之，对他而言受益最大。但是忌惮我的武功与手腕，他也是一直隐忍不发，而且故意时常示弱，保全自己等待机会。这个人我们可以称呼他为'狼'。"

"还有一个人，他贪而不智、鼠首两端，平时对我颇为敬畏，但当'鼠'和'狼'同时找到他陈述利害之后，他仔细思量觉得有机可乘，便加入进来，这个人我们可以称呼他'蛇'。"

看着桌面上这大小不一的三块茶点，百里知安的额头开始渗出汗珠来，作为恶人谷元老级人物之一，他一向唯王遗风马首是瞻、忠心耿耿，自诩替王遗风打理谷中大小事务井井有条。可十大恶人里竟然有三个怀有异心,他居然事前完全不知晓,更未看出任何蛛丝马迹。

江湖事,疏忽半点就关乎性命。因为在江湖中,哪一个不是饮血为食!

更何况,满谷之人,哪有良善之辈,谁不是诡计百出?谁不是心狠手辣?谁不是血债累累?随便哪三个大恶人联手,就能在谷内掀起一场滔天巨变。

百里知安强压住忐忑的心情,缓缓道:"这三个人是谁?"

王遗风微微摇头,淡淡道:"不论是谁,在我眼中,不过是蝼蚁之辈罢了。"

第六章

　　米丽古丽回到自家小楼，踏上台阶将木屐甩在一边，赤着一对雪白的嫩足走进房里，随手将沿路上摘下的野花插进瓷瓶，用手拨摆着枝条，开口道："你男人来了，拎了一杆长枪进谷来，要救你。"

　　靠窗边的蒲团上，侧坐了一个身形消瘦的女子，青袍素纱之下的面容，竟比米丽古丽还要白上三分，但却不是如米丽古丽那样的嫩白，而是病态苍白色。正是独自下山的纯阳派刘梦阳。

　　刘梦阳愣了愣转头望来，脸色虽然平淡如常，眼神中却明明是想要追问"后来呢"的殷切。

　　"后来被陈和尚用禅杖打断脖子，埋进尸菜田里了。"

　　刘梦阳转过头去，缓缓道："他是陈和尚入谷前，肯舍命相帮的人，陈和尚若要他性命，何必等到今天。"

　　米丽古丽摆弄花枝的手停顿了一下，接着道："好吧，实情就是由康雪烛出手,一把小刀唰唰唰的,将那姓杨的右臂削成了脱骨鸡腿,他现在躺在肖国手那里,量身做残肢呢。"

刘梦阳沉吟片刻,摇头道:"我知道他的枪法,正面交手,康雪烛未必轻易能拿下他。而且依他的性子,若真是被废了右手,必定是越挫越勇、愈刚愈强,宁可力战致死,绝不会做出依靠残肢苟活的事情。"

米丽古丽笑了,眉梢轻挑目视刘梦阳道:"你这么了解他,那他为何要杀你?"

"他要杀的不是我,他要杀的是他杀父仇人。他需要杀一个人复仇,我只是他复仇的目标罢了。若我家现在只剩条狗,他也会一枪将那狗捅个穿透。"

米丽古丽笑吟吟起身走过去,蜷坐到刘梦阳旁边,两臂环抱住自己紧致纤细的长腿,将下颌放在膝盖上,歪着头对刘梦阳道:"那……他到底是喜欢你,还是不喜欢你?"

刘梦阳看她一眼,反问道:"你觉得呢?"

米丽古丽冷冷一笑,叹口气道:"喜欢一个人这种事情,从来不是一件长情的事儿,动心只需一瞬,负心也在一刻。很多人信誓旦旦、赌咒发誓,说愿意白首到老,其实都是在开口之时存了一份情。待到时过境迁之后,这份情往往烟消云散,两个人也就渐行渐远,再也走不到一起了。所以,我问的是,你觉得他是此时喜欢你,还是会一直喜欢你?"

刘梦阳秀眉微皱,过了好一阵子才轻声道:"他从未喜欢过我。他心里没给我留位置。"

米丽古丽故意不接她的话,只等她继续往下说。果然刘梦阳淡淡道:"正如你所说,男子一生里会有很多女子相伴,有人可以陪他饮酒消遣,做无话不谈的红颜知己;有人可以与他携手抗敌,做他能坚信不疑的臂膀;有人可以为他执帚下厨,伴他儿孙满堂。所以很多时候并不是男子善变,而是他找不到能将这些集于一身的女子,只好总存着一颗得陇望蜀的心。而世间女子则大多为情所牵,一旦把意中人放进心里,便满满都是他,再无求索,不论山高水远只想伴他一个人过一辈子。

"所谓痴心与负心,不过是我一直喜欢你,而你曾经喜欢过我。"

米丽古丽本想用言语刺激刘梦阳,来消遣这漫漫长夜,不料刘梦阳这一句话猛然扎进自己内心深处,刺痛感骤然生出,在胸口处来回奔突,最后钻进鼻腔化成一股酸楚。

米丽古丽原本以陆危楼义女、和明教圣女的双重身份,自幼生长在明教,与陆危楼义子沈酱侠朝夕相处情愫渐生。但是按明教典籍,圣女需要修炼《断情宝典》,成为最圣洁之躯,献身明尊,终生看顾圣火。初尝爱慕滋味的米丽古丽自然不愿在高塔内孤寂余生,便相约沈酱侠逃离明教,寻一个与世隔绝的世外桃源,做神仙眷侣相伴一世。而沈酱侠自幼畏惧义父陆危楼积威,生性又持重谨慎,所以尽管米丽古丽百般劝慰哀求,他纵然心有相属却还是不敢成行。

由于看管严密,在匆匆返回前,米丽古丽叮嘱沈酱侠,要他切切在三更时分来接自己。可她未想到沈酱侠一夜犹豫不眠,终究不敢违逆义父,最终失期不至。米丽古丽心如死灰,颓然正式登基成为明教圣女,进入明教冰心宫修习宝典。

可是人既生情,怎能断绝!米丽古丽修习之中走火入魔心性大变,先是偷掠教内女子吸食血液被发现,陆危楼难下杀手,遂逐她出明教,而后米丽古丽劫掠各地女子以血为浴引起公愤,被江湖中人围堵在昆仑绝顶。

沈酱侠闻讯赶来相救,与米丽古丽联手杀出重围,可此时物是人非,两人心怀千结相顾无言,再也回不到当初。

米丽古丽脸上阴晴不定,良久后她忽然俯身凑近刘梦阳,伸出纤纤玉指,轻轻拂过她的脸颊,叹道:"好紧致的皮肤呢,纯阳内功的确有些门道。哎那你说,这姓杨的此时此刻是喜欢你呢,还是不喜欢你呢?"

刘梦阳斜睥她一眼,冷淡道:"这和你有关系吗?"

"有啊!"米丽古丽认真地点点头,"他是不是喜欢你,这对我很重要!他若是喜欢你,我就把你的血放干,拿来洗澡,这样你们二人近在咫尺而成永别,能让他后悔痛恨一辈子。他若是不喜欢你呢,我就把他抓来,再给你们灌下一些欲火焚身的药物,让你们俩成就好事。这样你们二人的余生就会烦怨不断,各自厌恨,岂不有趣?"

刘梦阳面色惨白,却微笑道:"你这般费尽心机,无非是以折磨人为乐。可善于玩弄旁人者,哪一个又逃得脱上天的捉弄?我怕你的报应来得太快。"

米丽古丽微微一笑,移动玉指沿着刘梦阳的香肩,顺肌肤慢慢滑上锁骨,停驻在她颈下,凤仙花汁染过的指甲顶住刘梦阳颈下血管,缓缓压紧。米丽古丽微微歪头,轻轻叹口气道:"好久好久没遇到这么有意思的女子了,留下来慢慢玩才好,我还真舍不得杀你取血呢。"

从独居明教冰心宫到流落江湖,直至幽居恶人谷,米丽古丽一直是形只影单,身边无人陪伴。江湖中传言她每日要饮一人血、每旬要吃一人肉，寻常人只要听见她的名头，恨不得多长两条逃命的腿，谁还敢与她相伴。所以她不像百里知安等其他恶人，还能有个醉酒放歌、勾肩搭背的朋友，可以抒怀寂寞。每当夜深人寂、百无聊赖的时候，她总忍不住要去掠几个女子回来，并不只为享用她们的鲜血，更多是想让自己身旁能有些人语声。哪怕是听她们哭诉求饶，即便是恶骂诅咒，也好过身边山幽水静，一片死寂。

米丽古丽微微侧头，眼神中带着欣赏与爱怜，仔细端详对面这个身处生死边缘的女子，像是再最后把玩一番即将舍弃的精致玩具。忽然间她秀眉微皱，猛然向后一扬头，身子避开半尺。一杆长枪穿墙破壁骤然刺出，枪锋以毫厘之差从她的面前掠过。这一瞬间时光慢如抽丝，米丽古丽惊愕地看着噬人的枪锋从眼前闪过，银白色的枪刃在空气中缓缓反转，锋刃上因打磨留下的丝丝擦痕毫发毕现。没有嗜到鲜血的枪锋似乎并不甘心，像一条钻出深渊的饿蟒，转过头来借着枪杆震颤横割向她的脸颊。

米丽古丽向后仰头沉腰，身子弯转犹如风中细柳，以毫厘之差让过横扫而至的枪锋。露在短衫之外的小腹，因为拉伸而更显平滑精致，上衣下摆的几条流苏被枪锋扫过的气流带起，追随枪尖而去，隐隐露出胸衣之下的一抹饱满凝脂。

这一枪未能伤及米丽古丽，但枪锋继而向下画圆挑割她的两足，逼迫她不得不横身起旋，运幻光步身法躲开这一招。枪锋后撤犹如怪蟒藏身，从墙壁破洞闪回墙外，接着便是喀喇一声，枪锋搅动将墙壁掏出一个大豁口，运枪者正是杨宁。

月光下，衣衫单薄的少年没有一丝犹豫，一步跨入小楼，哪怕这里是刀山火海，哪怕要面对邪魔厉鬼，他也绝无畏惧。这少年是把自己活成了一杆长枪，不论何种艰险横在面前，他都有无所不破的信心和战意！

七尺软鞭如丝如缕，在枪杆上轻触即离一拂而过，恍如情人伸来挑逗的指尖，这柔荑般的鞭梢轻灵悦动，却是绕过长枪卷向刘梦阳的咽喉！

枪锋一颤，径直刺向软鞭，翻卷中将软鞭扯紧拉直，要将它切割寸断。软鞭却如水中鱼、架上绸，在枪杆上无声滑过拖曳溜走，犹如情人黯然神伤挣脱而去。可软鞭又不肯走远，随着米丽古丽手腕一抖，它回眸不舍般调头而至，依旧扑向刘梦阳。长枪似被激怒，锋刃急速滑过空气带起一声低低的啸鸣，这一次的目标是持鞭人。

软鞭转成一团旋涡，护着主人急退，避让过枪锋后却突然伸直，抽向杨宁的额头。以米丽古丽的功力，绝对能以鞭为剑，切筋断骨！可枪锋却恍若不知，只是死死咬住米丽古丽的身形疾进，完全是奋不顾身要拼得两败俱伤的打法。

米丽古丽无奈，连换两次流光囚影身法避闪，以胡旋舞般曼妙的身姿退出五尺开外，软鞭贴地一卷，抄起一把瓷壶砸向杨宁。杨宁对劈面砸到的瓷壶视若无睹，腰腿发力枪根尽出，将长枪至长至远的威力发挥到极致，逼得米丽古丽腰肢摇曳再退数步，完全退出枪锋范围之外，软鞭终于再也无法碰到刘梦阳。

杨宁横跨两步挡在刘梦阳身前，单手握住枪尾，枪锋贴着地面比画出一道弧线，接着收枪遥指米丽古丽咽喉。这意思非常明显："敢踏过此线一步，我便取你性命！"

米丽古丽掩口嬉笑，右手腕颤颤挑挑几下，灵活的操纵软鞭卷起两个茶盏、一把茶壶放进托盘，又用软鞭卷起托盘缓缓递出，放在刘梦阳脚边，这般手法流畅自如，神乎其技。江湖上能将七尺软鞭使得罡凛凌厉的大有人在，但像她这般能将软鞭如臂使指、随心所用的却不多见。可见米丽古丽功力之深厚不同凡响，更看得出她一人独居许久，将无聊难挨的时光都寄托到了这条软鞭上。

"你们两个久别初见，先好好坐下来聊聊天，我且给你讨解药去。"

杨宁与刘梦阳一站一坐，两人近在咫尺，各自心境却与从前在盐矿洞外、鹰嘴涧边时大不相同。华山纯阳宫外一别数月，怨怒深深之余两人决绝而别，之后各自经历种种山高水远、刀剑凶险，此时再相见，却都道不出一句：别来无恙。

杨宁持枪而立，眉头紧皱，却不愿看向刘梦阳。刘梦阳侧头望向窗外夜色，默然许久之后，缓缓开口道："我最喜欢的地方并不是华山，而是长安城。"

刘梦阳单手托腮，像是自言自语般轻轻说着："长安城里什么都有，所有你想象得到、想象不到的东西，都在里面，每天都有新奇的东西出现。西市里裘记烤饼用的是胡麻和羊油，所以炉门打开时香飘满市，每天买饼的人都要排出去几十步远，甚至有位侍郎被香味吸引，勒马买饼边行边吃，违反了四品官员不得下市的律令，被御史参奏革了官职。

"长安城里还有成群结队的胡人，他们高鼻深目，黄须碧眼，从十万里之外穿越茫茫沙海，用骆驼带来稀奇古怪的物件，他们还拥有神秘莫测、令人咋舌的方术。据说他们曾经花重金,买下大业坊里老乞丐的一床破褥,因为棉絮里面藏着一只虱王。

"东市里的肖计纸坊专做孔明灯,有晶莹薄透如雪的素灯,也有绘了花鸟人物的宫灯,都是用了极轻的竹篾和极薄的纸手工而做,最便宜的也要一串铜钱才买得到。有一年高句丽的使者进京朝圣,竟然跋山涉水带了一盏肖计的灯来,说是飘到了他们的都城,引得高句丽的君臣啧啧称奇,便派了使者按灯上的戳记一路寻来。"

刘梦阳说到这里转头面向杨宁道:"这些我所见的、我所闻的,所有的一切,我无人可诉说、无人可分享,因为家父在我五岁时郁郁而终,不久之后母亲也撒手人寰。我与你一样,也是独生于天地间的一株草!"

杨宁默然片刻,竖枪盘腿坐在刘梦阳对面,缓缓道:"草木也是有别的。你说的烤饼,我儿时连在梦里都未曾见过,买来放飞的孔明灯居然要一吊钱,哪怕是我连想都不敢想的一笔巨款了。"

杨宁苦笑几声,又仰起头道:"我小时候,要帮母亲干活儿,去给叔叔家里割麦、锄地、砍柴,换来每天中午一顿半饱的饭食,还要一直做到日落才允许我回家。一身疲惫饿着肚子在户户炊烟中穿行的滋味,现在想起来依旧清晰,如同被刀子刻凿在心里。后来母亲看我不但吃不饱饭还渐渐消瘦,就不让我再去了,婶婶就在村子里到处说闲话,骂我家不识抬举,不懂感激,不知好歹。"

刘梦阳点点头,应道:"很多时候,平凡人出于私心而做的恶,就如同永不愈合的伤口,更能让人牢记一辈子。"

杨宁长吁一口气，问道："你为何要离开纯阳？怎么又到了这里？"

刘梦阳轻轻一笑，却难掩嘴角苦涩，轻声说道："纯阳功法以内功为丹，以气血为鼎，我现在气血亏虚难补，多年习武筑下的鼎基已毁，莫说高深武学，现在我连一个健壮村妇都打不过。"她长叹一声，又道："曾经那些飞跃满城灯火的夜晚，那些扶弱济困的经历，还有那些小有所成、斗胜强敌的窃喜，今后都不在了。我纵然活着也是无趣。"

杨宁无语良久，他明白如果刘梦阳心中，存有此地这些恶人百分之一乃至千分之一的恶毒，存有人性中自私利己的一面，她就绝不会做出自废武功为他换血解毒的决定。说到底，是他扑灭了她余生的所有乐趣。

而在直面武功尽失的事实之后，纵然万念俱灰内心失落至极，她对杨宁也没有一点怨愤，更没有予取予求，甚至都没有以此要求杨宁将上一代的恩怨勾销，她只是独自一人默默承受这一切，哪怕是想要与这个缤纷繁华的世界告别，也是想选一个荒僻无人的地方独自结束余生。没想到被外出的米丽古丽撞见，刘梦阳容颜、年岁、体态无不符合米丽古丽的需求，因此被她暗中跟随，寻机出手数招间拿住，一路挟拿掳入谷内。

看着刘梦阳自始至终波澜不惊的神情，杨宁终于在心中悄声自问，在华山纯阳宫前，自己所做所说，是不是过分了？

刘梦阳轻轻推开小儿，蜷卧在席上，头枕住自己的手臂。低声道："杨少侠今后，或扬名四海，或惩强除恶，是成就一番大事，还是隐于江湖深处，都与我无关了。虽然，我有一半气血在你体内随你而去，但我们终归别有芳华，各自天涯。"

越是言语平静,往往越代表伤心至极,纵然她从未说过后悔,但她的失望如无形潮水,已填满这座小楼!

杨宁深吸一口气,一字一顿道:"人在江湖,唯重恩仇,纵然恩仇往往纠结难理,但恩就是恩,仇就是仇。杨某感激姑娘的活命之恩,但父母性命之仇无可取代。此时此地杨某一定要将姑娘送回华山纯阳,在姑娘康复之前,杨某保证绝不登门寻仇!"

刘梦阳别过头去不看他,泪珠却无声地顺着脸颊流淌下来。

"米丽古丽说你中了毒?是什么毒药?"

"是恶人谷独有的毒物,名叫'鲜克有终'。"

"鲜克有终"是一种毒药,它的药性比起传说中的七大剧毒要柔和许多,制作过程中,修、和、炼、分等工序却更复杂,但它有一个特性是其他毒药所不能比拟的,就是它有极强择发之性,能将人内心的潜在情绪放大千倍、万倍。比如在同样剂量与相同服食方法之下,有人就会陷入癫狂至不可禁制的狂暴中,能活生生撕扯掉自己的手脚;有人则会陷入歇斯底里的大笑状态,直至将肺腑咳碎;有人会削制数百根锋利的木牙签,整整齐齐密密麻麻的插满自己全身;所有中毒之人都会做出各种匪夷所思、令人震惊的举动来。所以它的霸道之处在于,若是按寻常医理,根据中毒者的表征来用药施救的话,是必错必败,最终导致施救不及毒发身亡。

此药之所以在恶人谷广受好评、倍受赞誉,就是因为每有人中毒,必会在所有人面前上演一幕人间活剧,将中毒者心中隐藏最深的疯狂一面展露出来,演出一系列荒诞难明、令人错愕的闹剧。成为围观众恶人们今后一段时间内,茶余饭后必不可少的笑谈。所以每一次有人中毒，合谷恶人们无不笑逐颜开，纷纷奔走相告、接踵而来，大家都期待好戏上演。

"鲜克有终"也有解药，但这解药买不到，抢得到，这是恶人谷的规矩。如果有两个人同时中毒，而解药却只会给一份。因为恶人们非常喜欢看，中毒者竭尽所能去争抢这唯一的活命机会，如果这两个中毒者互为夫妻、兄弟、师徒、父子，那就更精彩、更刺激。

米丽古丽在院子里捂着嘴轻笑道："明天正好会有一份解药，不过需要你去抢回来给你女人。当然你也可以放弃，也许看着她死在你眼前，会更遂你的心意。"

恶人谷咒血河东南处有一山谷，两山壁环抱之间有两丈高的瀑布，山上的潺潺流水至此从高处坠落，飞溅成碎玉琼屑。下面则是一处方圆不足数亩的小潭，水冷池浅，四周遍铺卵石，两条打鱼的独木小舟在水面静静停驻。

山壁顶部或坐或立早有不少恶人等着，几口大缸摆在石台之上，外面贴着的白纸上用毛笔写了赔率。柳公子施施然走到水缸前，摸出十余个金稞子扔进一口水缸内，他押的是杨宁抗不过一炷香时间。肖药儿捻了捻胡须，也跟着在这口缸里扔进去一锭金子，却转身把一个鼓囊囊的布包扔进押杨宁胜出的水缸里，看得身后柳公子目瞪口呆。

十大恶人立在水潭边上，刘梦阳与杨宁并肩立在对面。杨宁的眼睛从对面诸人的脸上扫过，心中暗自计较：陈和尚与米丽古丽的武功他小有见识，要赢下此两人他尚有几成把握；肖药儿武功不高，那个名叫百里知安的壮汉似乎有伤在身，若是一会儿许他挑选的话，或许选这人，胜算会大些。

远处遥遥传来一声娇喝，"人来啦！"是客栈老板娘花蝴蝶撑了一只小舟过来，舟前坐了一名男子，披头散发衣衫凌乱。

竟然还有人来？杨宁惊奇之下拢目细看，只见来人身形高瘦，一袭灰袍满是泥污褶皱，脸上戴着绘有白鹤的半扇面具。来者竟然是长安城内曾相见，为杨宁点破明教洪水旗掌旗使丁君破绽的鹤先生。这位鹤先生本是蜀王煦公主的座上宾，受托去救因情生恨身陷明教的叶未晓，而后不及与杨宁告别便飘然而去，不曾想再次相逢竟是在这恶人谷内。

沈眠风察言观色，遂冷笑道："哎哟，认识啊！这就更有意思了。"

花蝴蝶划船靠岸，伸手在鹤先生背后一推道："下去。"

鹤先生脚踩浅滩，蹚着水走上岸来，站在杨宁对面。杨宁惊诧道："先生您……因何至此？"

鹤先生摇摇头："枫华谷一战，我唐门百余位子弟魂游客地，损失惨重。我想明教即便高手如云，也断不能如此轻易，就将我门内精挑细选的青年才俊一网打尽，我怀疑是丐帮勾结明教，定下针对我唐门的阴谋。可是丐帮经历此役的人也都无生还，真相也就无从查起。后来我终于打听到，丐帮中有一人当时从枫华谷内逃出，躲进了恶人谷，所以我才一路寻来，要查明枫华谷大战的真相！"

沈眠风在一边冷笑连连，讥讽道："真是贼喊捉贼，好一张道貌岸然的臭脸，难道说老子做了恶人，天下所有的脏水就都要泼到老子头上不成？还求真相，回家先求你那瘸腿爹去吧！"

鹤先生转头怒视沈眠风。沈眠风并不理他，抬脚将一把铁剑踢到鹤先生身边，扬起头用下颌点了点他与杨宁。"毒性都给你们讲过了吧？解药就只一瓶，只够救一条命，所以姓唐的和刘梦阳谁拿到谁就能活。这里没有对错也没有规则，全凭心狠手快，谁有本事抢到谁就有命，没命的那个就在这儿，等着烂成一堆臭肉吧。"

他摸出一个蜜蜡包裹的药丸抬手欲扔，米丽古丽忽然出手拦住道："慢着，我来！"她拿过丸药，塞进从自己腰间解下的荷包里，想了想又拾起一块石子塞进荷包后捆好，在手里掂了掂，甩手将解药远远抛出，划出一道弧线落进湖水之中，溅起水花一团。

随着她纤手一扬，山上山下所有围观之人都打起精神睁大眼睛，恶人谷里已经许久没上演这种二虎相争的好戏了。人性说到底还是利己二字，肖药儿就深蕴此道，看惯了太多良心丧于困境的实例，在命悬一线的生死关头，谁还顾得上亲情、义气、道德、公理，为了能让自己活下去，哪一个人都是无所不用其极。这时候再讲良心与道德，无疑就是自杀，而且还要忍受着以难以想象的痛苦死去。

恶人谷内众人，其实心底深处都存了同样念头，就是巴不得全天下所有人都如同他们这般凶恶才好，只有将池水搅得浑浊不堪，黑鱼才不会显得那么突兀。所以他们才会想尽办法，用尽各种手段，给良善之人布置下层层圈套，引诱他们进去，让这些原本心怀赤诚之人，在不得已之下沦丧良心、失却道德。

只有逼迫世上更多的良善之人堕落为恶，让这些人也变得同他们自己一样，这些恶人们才能得到内心的安宁，才会说：你看，世间原本就是如此，所有良善都是虚伪，只有自私才最真实。

这就是那些恶人们乐此不疲一直在做的事情，也是他们对这个世界、对所有人犯下的最大的恶！他们在试图毁掉整个美好世界！

第七章

并未如同诸恶人期望的那样,解药一入水,杨宁与鹤先生就扑上去疯狗般乱抢一气。两人各持兵刃面对面静静伫立,竟然谁也不动。

百里知安点头赞许道:"果然都是高手,敌不动,我不动,敌若动,我先动。今日一战,必为经典。"

柳公子皱眉道:"让这唐门的家伙用剑……你们确定这不是给姓杨的小子放水吗?这样下注不公平啊,根本就不是这个赢面嘛!还是有几样暗器在之前就偷偷塞给他了?早知道我也押这姓杨的胜出了!"

肖药儿笑道:"别急啊,押宝玩的不就是个悬念!总有猜不到的惊喜才有意思,十几个金锞子你又不是输不起。"

康雪烛摇头道:"你们哪……真是寂寞的久了,连个狗打架都能玩出一波三折来。"

沈眠风冷笑道:"这俩人,能从对方脸上看出花来么?我赌这姓唐的必然先出手，剑短枪长，后出手容易受制。"

他话音未落，鹤先生剑撩湖水已然出手！

铁剑自湖水中划过，撩起一片寒光，犹如玉屏遮面。可他出手的对象并非杨宁，剑锋直指不远处的雪魔王遗风！

与此同时杨宁的长枪出手，龙转身般脚踏浅滩跨步飞身，枪刺王遗风！

这两人竟然颇有默契都要挑战王遗风！

诸恶还是太低估了杨宁与鹤先生，将他二人当成普通人看待，却不知杨宁是个宁死不坠志气的犟人，而鹤先生乃是蜀王府客卿，性情如高天孤鹤，两人都不会为了一丝活命机会而自甘下作。所以他们不约而同地做出了出乎所有人意料的抉择。

宁肯燃尽为碳，绝不俯首为泥！

人活一世，无非于辛苦之中挣扎，任各种艰难加身，但不论长夜多么黑暗，不论脚下多么污浊，这世间总会有人坚持自己的初心，宁愿慷慨赴死也决不妥协。

出乎意料的人也包括王遗风，他朗声长笑，施展轻功跃出的同时，甩掉帽子和脚上木屐，衣袖飘飘跃入浅滩，赤足踩在水中，长袖舒展卷起数丈高的水墙逆卷扑上来的两人。杨宁与鹤先生枪挑剑劈，破水墙而出，王遗风展臂后跃，大鸟般自水面上掠过，两掌交替拍出，推出层层水墙拦阻两人，压住对方全力抢攻的锐气。一股寒气席卷过水面，漫天飞溅的水滴与水雾瞬间凝成雪霜，被掌风和气流激荡得漫天飞舞。

"雪雨霏霏！是雪雨霏霏！"山壁上下观战众人纷纷变色，王遗风长袍鼓荡身形如龙，运轻功大步在水面上游走，所过之处半空中的水气纷纷凝结为雪，裹旋漂荡，这是极高的内功在流转运行时散发出的威力,"雪魔"岂是浪得虚名!

霜雪漫卷之中,王遗风长啸一声,伸手从腰后取出白鹭霜皇笛,朗声道:"人生得遇劲敌,能酣畅大战,岂不快哉!有山水清幽、人迹不至之处,可埋骸骨,岂不快哉!江湖浩远,我辈能留名一代,引来者追忆,岂不快哉!"

话音刚落,铁剑当胸刺来,王遗风展开招式以快打快,笛剑磕碰之声犹如琵琶连弹铮铮不断,在山谷中引发阵阵回音。而杨宁的雪月枪力沉势猛,每一次蓄力突刺无不倾尽全力,每一次枪锋与铁笛砸撞,都犹如鸣钟击磬,音声高亢余音袅袅。

这两股声音交错鸣响,山上山下观战诸人,无不目瞪口呆。

陈和尚瞠目道:"这是……这是真拼命的打法啊?你们……这不是做戏对吧?"

米丽古丽摇头喃喃道:"他们……居然真敢向王老大动手?他们不怕死吗?"她转头望向刘梦阳,刘梦阳坐在岸边,两手抱膝神色平静,安安静静地看着湖中一场厮杀。"这是你们俩昨晚商量好的吗?这么闹腾的话,你的解药可就没有啦!"

刘梦阳并不理会米丽古丽,只是面带一丝笑意,目光尽数落在飞散雪霰中的少年身上。

杨宁以往挥枪都是为了解救自己,于绝境中杀出一条活路,而如今他提枪突刺是为了别人,他要带她出谷,把她送回华山。只有这样才能对得起她交付在自己身上的一腔热血,他不能再多欠她什么了,再多一点点他就没法去面对那一段无数次起誓必报的杀父之仇!

王遗风足下一旋,脚底的湖水凝结成一片睡莲大小的冰面,他立在冰面上,随着水波起伏,漂荡间架剑避枪、闪让进退，身姿好不洒脱，几如庄周笔下酒酣起舞的水伯河神一般。鹤先生施展轻功自半空中劈刺削斩，招法曼妙犹如白鹤盘旋，飘逸舒展。杨宁则是两脚扎实地踏住湖底，每一次都是腰腿发力，劲贯枪杆，雪月枪直来直去，如同猛兽张开血盆大口往复奔突。

随着战入酣时，三人体内真气流转奔突，出招愈发凌厉凶狠，杀气也随之渐盛，水气凝结成的霜雪也越来越密集。王遗风一掌拍开铁剑，横身避开长枪，面色肃然，双眼中精光渐射。红尘派心法表面看以阴柔为表，以刚毅为骨，以含藏为本。内息或吐也，或转也，或收发也，皆不忘含藏本意，不丢不随，不往不忘。但天道守正、势分两仪，含藏其实仅仅为红尘心法的一半，正如跃上而必下蹲，欲伸展而必蜷缩，阴阳相辅才能相成。红尘派心法半为含藏，半为喷薄，二者相合才是红尘武学最高的境界：风雪长宁。

风雪席卷过后，千山静寂，万籁长宁。

王遗风仰天长啸，左手铁笛在指尖翻花藏于腕下，右臂抡转向前空劈，他身后湖水骤然壁立而起，丈余宽的碧波白浪高高越过王遗风头顶，径直拍向鹤先生。鹤先生横剑护身，撤步后退，王遗风掌力吞吐，波浪如墙向鹤先生席卷而去，翻滚间携带阵阵风雷之声。

鹤先生剑花连抖，却破不开、推不动这堵水墙，只得再退，王遗风更运起内功将掌力一连串的劈空发来。以王遗风雄厚内劲，再裹胁以巨浪，这般攻势犹如大河汹涌、巨川奔腾，一泻千里，无可阻挡。鹤先生运内功还以劈空掌，不得不强打精神与王遗风拼耗内功，但他劈出的掌力只能将局部水浪打散，瞬间又被临近的水浪填补。这样任凭鹤先生如何增强掌力，都毁不掉眼前这层水盾，更无法伤及水盾之后的王遗风。

"杀！"一声暴喝自湖水中炸响，不同于一般江湖人厮杀时的咋喊高呼，这一声分明是两军阵前厮杀夺命时的战吼。两军阵前，从来是人性最薄之处，千万人将廉耻道义抛在脑后，向同类挥舞嗜血的兵刃。生死瞬间，容不得遣词造句，喊出口的都是最原始、最直接的声音，摧胆折锐，靠的就是这劈面一吼。

伴随着怒吼，雪月枪自鹤先生斜后方挺出，迎上面前的水浪。杨宁利用自己枪长刃利的优势，不与水墙纠缠，直接透水而过，刺向王遗风面门！

刀剑易拨挡，因为人握持刀剑的手腕是万向旋转，相对柔软。而枪棒难拨挡，是因为杠杆的原理，双手持枪的力臂极长，不是用单手短兵刃能轻易拨动的。杨宁全身之力压在雪月枪之上，王遗风运内力竖铁笛拨打，竟然未能拨动，急忙侧头让过枪锋，脚下随即退开一小步。

这一小步，就给了杨宁足够的机会。杨宁跨步上前破水墙而出，毫不顾忌身上水渍，恶虎出柙般咆哮前扑，挺枪朝向王遗风又是一招疾风突。

枪势比先前更急，更兼抖枪头挂两肩，将王遗风胸前要害竭尽罩住。王遗风微微皱眉，再退一步的同时举铁笛砸劈枪锋。

杨宁强忍住沿着枪杆涌来的巨大震颤，顺势下引枪锋，抖枪锋刺王遗风的小腹与大腿。枪锋这一沉一抖，将王遗风下劈之力利用枪头的颤动化解吸收，画出玉盘大小的一朵枪花。

王遗风旋身起腿避开枪锋，运内功劈出掌风遥击杨宁。杨宁抽扯长枪拧腰发力，上步又是一招疾风突，直刺王遗风拍出的左掌。这同样的一招竟然比方才所用更快更急，几乎转瞬间就刺到王遗风的掌心。而此时此刻杨宁的掌中枪，犹如囚龙脱困，裹挟水浪当空刺至，再也没人敢用手来抓了，祁进不敢，王遗风也不敢！

百里知安眉头紧锁，柳公子微微咋舌，陈和尚情不自禁地开始捻动胸前珠串。康雪烛喃喃道："这小子的枪法，现在可算登堂入室了。他到底还能刺得多快？"

杨宁还能刺得更快！

王遗风再退，比方才更快两分的一招疾风突卷携庞大的水柱，狂龙般咆哮而至，枪锋直指面色凝重的王遗风咽喉！铁笛出手，带着王遗风八成功力当头压下，要镇住疾刺而来的枪头。可孤直之枪，从来都是遇强则强，宁折不弯，又何曾被人压制过！

一声吒喝，水浪崩碎，王遗风犹如受惊的鸥鸟般，于水面上飞身而起，飘摇落向两丈开外。漫天霜雪瞬时一凛。

十大恶人闻声而动，却是齐齐扑向王遗风。柳公子先发先行，抢在众人前头，他却半空中转头回望身后诸人。以百里知安的武功身法，至少也应该跑在前三，可他却落在众人最后，而且在急奔中拉出双刀分握在两手。

柳公子眼角一跳，慢下身法用极隐秘的动作扯了一下身前的沈眠风，两人对视一眼，身法稍稍减缓。能位列恶人之首者，无不敏感多疑，肖药儿、康雪烛、米丽古丽发觉情形有异，也相继减慢了身法，只有陈和尚一人，扑腾腾蹚着大水花冲到王遗风身前。

这一切细小的行至,被王遗风尽收眼底,他缓缓站起身,仰头运起红尘内容放声长笑,笑声中气十足如振鼓雷鸣,瞬间响彻山谷。王遗风毫不在意过膝的湖水,独自前行几步,走到拄枪喘息的杨宁身边,看了看不远处盘膝疗伤的鹤先生。笑道:"可惜啊,枪锋再向前三寸,你就有可能伤到我了。"

杨宁冷冷地转过枪尾,给王遗风看镶嵌在枪尾上的慈悲珠。

"这是什么?"王遗风有些好奇。

"一位高僧镶嵌于此,是怕我持枪嗜杀,只要我杀气充盈手握枪尾,就会被这颗珠子硌着手掌,所以我持枪只能前握,出枪自然也就短了三寸。"

王遗风不以为然大摇其头。"生死攸关时刻,谁人不是绞尽脑汁的去要对方的命,你还有心念慈悲?真是嫌命长,断自己的生路。"

王遗风叹口气,边往岸边走,边随口道:"也算你赢了我一招。想要什么?"

杨宁跟上去答道:"两份鲜克有终的解药!"

王遗风摇头道:"不可能。"

杨宁持枪站定,咬牙道:"那就再打过!打到你给为止!"

王遗风扫视不远处的那些恶人,此时他们都各怀心事,正在等一个机会。王遗风心中暗自冷笑,看他们自作聪明到几时。

王遗风转身望向杨宁,傲然道:"小子,莫得意。你以为能打赢我?不过是上天不愿见你变成一摊烂泥,给你个生机罢了。解药只有一份,要么他活,要么你那女伴活。"

一份解药,并不是杨宁想要的结果。杨宁毫不犹豫,咬牙默运功法,将四肢百骸中的内力强行向丹田聚拢,同时缓缓平端长枪，遥指王遗风。

王遗风微微一愣，若无其事地将长衫甩给仆从，自顾自换了一件干爽的罩衣，手指鹤先生道："你这路枪法依仗的就是气势，一鼓作气，再而衰、三而竭。你若是硬要逞强斗狠，后果就是将三条性命都扔在这里。还是拿了解药出谷去吧，我答应不伤他性命就是。"

杨宁依旧聚攒内力，摆出方才所用的疾风突起式，仍想要殊死一搏。身后却传来脚步声，是鹤先生走过来，轻轻拍了拍杨宁肩膀，将装着解药的荷包递到他面前。

世间总有些事情，是你拼尽性命，也无能为力的。

肖药儿笑吟吟走过来，递过一个水壶，让刘梦阳服下解药，说道："这女娃娃气血甚亏，需要寻真正良医及时用药调理，不能再让那裴元胡乱医治了！"他手指杨宁道："你身上这尸毒侵入脏腑，被裴元这么乱治一气，又经过多次残灯拨捻般的拼杀，啧啧，原来八十年的寿数，怕是要折损一半喽。"

杨宁明白他的意图，皱眉道："有话请快说。"

肖药儿摇摇头，说道："念在你昨晚救我，现在可以给你个机会选是让我出手医她，还是出手医你？"

杨宁想都不想，拉住刘梦阳的手腕，翻过来递到肖药儿面前："医她。"

肖药儿摆摆手，让奴隶捧上来三个装满药丸的葫芦："这里有三种医治的丸药，分别是一年痊愈、三年痊愈、五年痊愈，你自己来选吧。"

治病救人，竟还要病人自己选药，真是匪夷所思。刘梦阳知道肖药儿素来以折磨病患为乐，她害怕肖药儿会要挟杨宁，所以犹豫之后，还是出手选了治愈最慢的药丸。

肖药儿有些意外，点头笑道："世间道，有舍才有得，此方虽然耗时长久，却无半点毒性，只需要按时服药调理身体即可。你安心使用吧。"

刘梦阳面色大变，肖药儿竟然比她猜测的更甚，他提供的另两种药丸中，藏了极为厉害的后手，虽然能快速治愈自己的疾病，却附带有极为折磨人的毒性。而此人居然还道貌岸然，一副教人取舍道理的嘴脸。想到此处，到嘴边的这声谢实在说不出口，刘梦阳看此地一草一木都觉得恶毒不堪，一分一刻都不愿在此地多作停留，她向肖药儿点点头，拉了杨宁拔腿便走。

杨宁却先转身，走到鹤先生面前，深施一礼，继而故意大声道："先生安心，方才谷主已经承诺保先生安全，那王谷主虽然脾气乖张，却是个洒脱守诺之人，值得信任。若有人想暗地里下手加害先生，杨宁虽不才，今后余生都要与这山谷死磕到底，拼尽全力也要搅得他们不得安宁！"

鹤先生轻轻点头，笑道："得千金，不如得杨少侠一诺，我自会应付他们，你放心走吧。"

两人脚下匆匆，行至恶人谷外，身后传来呼喊声，是一名奴隶手捧药葫芦追来，大声道："杨少侠请留步，我家主人说，以杨少侠的武功人品，将来必有大成就，若是仅有四十年阳寿，英雄受制于时运岂不可惜？所以特意送来一壶祛毒延寿的丹药，请杨少侠笑纳。"说着将药葫芦放在身前地上，转身便走。

杨宁竟毫不理会，转身就走。

刘梦阳随杨宁走出去百余步，回头看见四周无人，山谷寂静，忍不住停下脚步转身要回去，却被杨宁一把扯住，拉着她大步径直走下山去。

远处山岭之上，手搭凉棚眺望的肖药儿颇有些失落，喃喃道："他真的不回头！他真没回身啊！"

身旁米丽古丽冷笑几声，叹口气，转身走下山岭。

行过不远，刘梦阳脚步放缓，脸上现出痛苦之色。杨宁皱眉看过去，见她右脚靴子早已磨破，一瘸一拐的不知道忍痛在山路上行了多久。

可此时尚未脱离险境，杨宁既不能将她独自留在此处外出找鞋子，也不能任由她在此休息驻足不前。杨宁看看四周，从靴子里摸出小刀，将身边一株大树的树皮剜下一大块来，捧在手中来到刘梦阳身边。他半蹲在地上一手抄起刘梦阳的右脚，用小刀将她的靴子割开，伸手就要脱她的袜子。刘梦阳面色大窘，想要挣扎跳开，足髁却被杨宁牢牢捏住，动弹不得，她急忙伸手来推，又被杨宁一声"别动"喝止。

杨宁小心将她的袜子除了，小刀挑开脚掌上血泡，放了瘀血后含了一口烧酒径直喷上去。刘梦阳猝不及防疼的一声尖叫，头晕目眩全身发软，单足站立不稳趴伏在杨宁肩上。杨宁自身上衣衫下摆扯下宽宽的一条，包缠在刘梦阳的右脚上，又将她旧靴的系带拆下，将树皮牢牢绑扎在她脚底。刘梦阳江湖儿女，原本就没有寻常女儿家的娇柔，又知他心中用意，当下咬牙起身，一手抓过杨宁长枪做拐杖，一手扯住杨宁手臂，亦步亦趋紧跟在他身边，继续往山上行。

两人一口气走到夜半，登上峰顶回首，已经望不到恶人谷。转头望去,东回长安的方向,还有山峦重重,暗夜中犹如浪涛层层,挡住归途。

杨宁长吁一口气,仿佛要将胸中郁闷之气尽数吐出。他手指漫漫群山道:"你看,这山川便犹如世间恶毒之人,他们强壮狠毒,他们强词夺理,可以藐视生死,可以草菅性命,可以将普通人压得透不过气来。也许一杆枪、一柄剑,刺不穿也砍不破这些山川。但这一杆枪、一柄剑就是希望,总有一天,能将这些挑一个天翻地覆!"

"所以,你要做这一杆挑翻天地的长枪?"

"我一开始只想守护,守护那些对我好的人,让他们免受欺凌、不被伤害。我以为,只有我在孤军奋战。可是我从壶口关回来之后,我发现还有很多人像我一样,在用尽心力守护着身边所有美好的东西,而且他们并不独为自己。"

"你是说……王悔老将军吗?"

"是他,还有别人。还有白毛狼、申屠笑、刘国忠、还有我师父、还有鹤先生、叶未晓。在他们心里,大唐就应该是一个秩序井然、安居乐业的地方,这地方市井繁华、阡陌丰收,人人开心敦厚,处处仓足廪满。没有恶人谷、没有尸怪、没有巧取豪夺、没有仇杀报复、没有因为吃不饱饭而偷偷哭泣的孩童,也不必十几年心怀仇恨怨念。"

刘梦阳愣了一会儿,喃喃道:"那可真好啊。大唐真的会变成这样吗?真的会变成你所说的这样?"

杨宁点点头,深吸口气道:"一定会的!现在有开元盛世,将来还会有无数个盛世在前面等着,只要大唐安定,就一定会越来越好,一定能变成我们向往的样子。"

月色下一羽白鸽展开双翼,越过山巅,径直向东飞去。

刘梦阳叹口气,视线追随白鸽远去,幽幽道:"希望那个时候,我的轻功能恢复的七七八八,我又可以在晚上从长安城头跃下,掠过万家灯火;我又能操控着纸鸢,从华山之巅滑翔而下,就像这鸟儿一样,飞在这群峰之上。"

白鸽不停拍打双翼,向上飞越高耸的城墙,又越过重重楼宇,在点点灯火中辨明方位,径直飞入一处小楼的窗口中。

守在窗口处的童子在陶盆中撒了一把鸟食,趁饥渴许久的鸽子跑过去埋头啄食之际,解下捆在它腿上的竹管。竹管只有尾指粗细,用蜡液精心封裹了一层磨膜,依稀可以见竹管上三个并列的小红点。

童子眉头微皱,转身急行到屋内,躬身将竹管递给条案后的一名身披战袍青巾裹头的将军手中:"秦统领,有急报!"

将军用两指碾碎竹管,展开细细一张纸卷,纸卷上只写了两个字,是一味中药的名字:朱砂。

将军嗯了一声,挥手示意童子下去。他将纸卷握在手里,刻意平复了一下有些急促的呼吸,默然片刻后,拉开条案下的一个暗匣,匣子里是外形一样的另外两张纸卷,也是两张药方。

一张写着辛温解表的四味药是麻黄、桂枝、防风、辛夷。

另一张写着补血的两味药是当归、白芍。

将军轻轻将写着朱砂的这张药方放在匣中。再抬起头来,目光炯炯、杀气凛然,按案起身望向右侧兵器架,架上横列着两根黝黑的铁锏!

第八章

　　河水宽三十余步，深浅不知。山石垒就的桥墩上布满绿苔，桥面是平铺多年的残旧青砖。远远就能见到有数十人立在桥头，向着大路的方向张望。这些人有男有女，多是年长之人，却有的穿绸、有的披麻，并非全是大户人家。

　　刘梦阳以为是村里的亲属在迎亲，等着吉时来到，新郎官骑马喜气洋洋来接新娘子。她心里回忆起一年前乌纱村里，就是因为去婚宴蹭饭，而被整村中了尸毒变成尸怪的村民围攻的经历。那时的杨宁乍临剧变，与她一样惊恐慌乱，到了犹如孤岛的屋顶上，方能稳定心神，想出对策寻机突围。而今番从进入恶人谷开始，任凭诸恶或是恶言挑衅，或是奸诈迭出，或是强势恐吓，杨宁都是从容相对，直至最后挑战恶人谷第一高手王遗风，也是寻机而进，从容不迫。将力、气、神三者，灌输在长枪之中，就在大庭广众之下，堂堂正正逼退了雪魔。

　　杨宁这十几年来筚路褴褛，如今终于不再是那个只知道以杀止杀、挺枪拼命的少年了。

两人正低头前行，迎面忽然走来手持杆棒的四五人拦住去路，看衣着他们都是临近村落的青年后生。

为首的后生伸开手臂道："看你二人背枪挂剑的，都是江湖人吗？来此地所为何事？"

这分明是县城捕快、差官们把守路口、盘查行人时才有的口吻。

杨宁淡淡道："我俩是结伴去洛阳，路过此地，不进村落，只走大路向东。"

几名青壮相互交换了一下眼神，为首的青壮手指旁边一棵大树道："那你二人就先去那边歇歇，这边路封了，你们等等再走。"

另一个黝黑汉子接过话头闷声道："好生在那边待着，不要高声喧哗，一会儿法王他老人家要经过此地，等他老人家过去了，你们别出声赶紧走。"

这言论就有些不大好听，若是换了身负武功的旁人在此，怕是就要迎一步上去，出手将这些人统统打倒在地，再啐一口骂道："呸，恶人谷都拦不住老子，凭你们也配！"

杨宁却面不改色，点了点头，拉着刘梦阳走到大道边的桑树底下，寻一块干净地面坐下，静静等着。

没过半炷香工夫，有人拉着长音遥遥高喊道："法王驾到！"

只见一人骑马当先，挥舞着五彩火焰旗缓缓驰来，身后跟着六名骑士，各持笙管笛箫云牌唢呐一路鸣奏；再后面是四名骑士手提琉璃宫灯，灯内燃着徐徐火焰；队列中心一人身材高壮，头戴琉璃法冠，一身青色衣衫、背后藏青披风上绣着金色熊熊火焰，此人身后又是十余名骑士随行，手持绘有星宿与密宗箴言三角旗幡，一路迤逦而来。

骑队行至桥头，早有持杆棒维持秩序的青壮组织众人跪接，不论老幼一律拜服于地，大声念诵经文。一行骑士并不停歇下马，而是直接穿过人群踏桥而过，马蹄"得得"一路向西而去。队尾骑士将手持的天青色葵水旗来回挥动几下，高喊道："法王尊驾在村前教舍内停驻设坛，有求医、求助、求赐福的教众速速前往！"

一众人等纷纷起身，来不及掸净衣衫上尘土，就蜂拥追随骑队而去。那一群拦阻杨宁的青壮也顾不得维持秩序，纷纷跟上人群往村里去。

刘梦阳微微摇头，低声道："好大排场啊，一州长官刺史、司马出行，也不过如此吧。人言这两年明教影响深远，信众数万，乃是江湖第一教门，看来此言非虚。"

官府缺失之处，必有江湖。都说百官替天子牧守四方，当官府不能养民时，民就要求助于江湖。入教，说起来不过是草民们的自我保护，当官府不可信、宗族不可依、乡贤不可靠时，能保护他们的，就只有"教友"了。

明教正是钻了这样的空子，弱者给予扶助、贫者给予钱财、强横者或以名利拉拢或干脆除之；让不同阶层之人，都能在明教得偿所愿，于是这名声便在中原大地上迅速散播开来。

刘梦阳叹口气道："自从明教在长安城内开建大光明寺以来，几乎已经将传教开坛之事，明露在光天化日之下。这陆危楼也真称得起是世所罕见的一代人杰了，这也不过十年光景，将自己白手创立的一宗小教门，竟弘扬成为中原武林第一大派，座下左右护法、四大法王、五行旗，高手如云。自从唐门与丐帮联手突袭明教，败落枫华谷之后，江湖中就再没有人敢打明教的主意了。"

刘梦阳自输血给杨宁之后，似乎整个人也成熟了许多，完全没有与杨宁初遇时的那般好奇与好事，按她以前的性格，连穷乡僻壤中新婚嫁娶都要过去看看，更何况这种开坛布道的新鲜事了。既然两人都无意去凑热闹，便转向官道继续赶路。

可有时候你不想凑热闹，热闹却偏偏会找到你身上。

只听得身后马蹄声得得，有两名明教教众骑马追上来，赶至刘杨二人身边带住坐骑招呼道："两位少年慢走。"

来人打量一下杨宁与刘梦阳，抱拳道："我教清净普惠仁善法王在此开坛布道，宣讲明尊真言，解救诸生疾苦，两位少年能在此时经过，也算颇有道缘。难道不来小憩片刻，听闻一番度厄救苦真言？"

杨宁抱拳还礼道："这位兄台，在下与朋友还有要事，不得不抓紧赶路。下次再路过贵教开坛，一定前往诚心聆听。"

那教众摇摇头，笑道："贤弟，江湖茫茫、天地悠悠，你我今时今日能在此相见，足见是明尊在上安排的机缘。而且今日乃是我明教中身份尊贵，仅次于左右护法的清净普惠仁善法王亲自开坛布道，错过岂不可惜？"

刘梦阳与杨宁不愿多事，因此一再客气推辞，那教众见勉强不得，只好笑笑抱拳道："我观两位少年风采俊朗，也与我教有缘，实在有心招揽二位。明教现今蒸蒸日上，更在中原诸道开枝散叶广立分坛，正是用人之际，两位日后若有抱负，尽可来我教施展，期盼日后有缘再见，你我能成为共同侍奉明尊的兄弟。既然两位还要赶路,那就奉上些干粮酒水,略为相助吧!"

说着这位明教壮汉让人捧上一大包印有明教红色火焰徽记的面饼,和两个同样带着徽记的酒葫芦。"一点酒食,稍解两位路上饥渴。若是不够用,尽可以持此物到我明教沿途分坛,自有我教众迎接招待,纵然两位要去之地在千里之外,也断不会让两位身陷饥寒之中。在下乃明尊座下厚土旗弟子高阳宝,他日有缘盼与两位少侠能江湖再见。"

杨宁接过酒食相谢,与刘梦阳转身上路。

两人初时还对高阳宝所说的"纵然两位要去之地在千里之外,也断不会让两位身陷饥寒之中"这句话,颇有些不屑,但一路走来却是心服口服。不单在县城、州府之中有明教公开设立的分坛,有些交通要途旁边的村落,也高挂带有升腾火焰标记的明教旗幡,水路上插有明教三角旗的货船更是络绎不绝。而杨宁刘梦阳每到一地,真的是见徽记为凭,只要在明教分坛附近拿出这两个酒葫芦,自有明教弟子引带他们到负责接待的教众面前,端上粗茶淡饭后,再询问是否需要其他帮助。

而杨宁与刘梦阳亲眼所见,很多当地教众也是自认为受到欺负,来到分坛寻求依助,那掌坛的几位执事居然都颇具才干,三言两语之间将事务按轻重缓急排布清楚,让求钱粮的、求助力的、求申冤的、求医药的各有所得。当真是事事有应答、人人有回馈。

越往长安方向行进,所见明教的布道场所越多,带有明教徽记的物件出现得越频繁,杨宁与刘梦阳初时的赞叹惊喜之心,却慢慢沉下来。现如今的明教,不再是陆危楼孤身西来时的异域邪说，不再是数年前遮遮掩掩的小众教门，亦不再是对各大门派恭敬退避的新生势力。它如同潜伏在茫茫大地之中的巨兽，百足纠缠，伏蔓万里，竟不知其深远！

行至华山脚下约十里处，杨宁与刘梦阳停下在路边茶棚中歇脚，两人心中都明白，此时还能在这里彬彬有礼地对坐喝茶，可只要一起身，就是天各一方的分别，再相见时就是一场了却恩仇的厮杀了。不知届时是杨宁的枪刺穿刘梦阳的胸膛，还是刘梦阳的宝剑斩断杨宁的脖子。

风吹过树叶沙沙作响，道路上来往的车马匆匆，尘土弥散，人声喧嚣。茶棚中的过客换了一拨又一拨，桌上的茶水换了一壶又一壶。老板娘在旁边暗自观瞧了半天，以为刘杨是一对即将暂别的情侣，于是走过来取笑道："我年轻时啊，跟家里那口子也是，恨不得天天偎在一块儿，一刻钟都不想分开，才一顿饭不见，就跟隔了好几年似的。"

杨宁点点头，按桌而起，向着刘梦阳一抱拳道："现今已到华山，冲虚子可以沿大路上山，想必无人敢在此冒犯你。盼冲虚子安静心神，专心休养，日后也好……"

"也好等你上门来报仇杀我。"刘梦阳仰起头，苍白的俏脸仰视杨宁。

杨宁稍稍沉吟，点头回道："先还恩，再消仇。"

这六个字，说得太少，也讲得太多。

刘梦阳心中暗自叹口气，眼前的杨宁虽是屡经磨难，经历过太多次生死一线的厮杀，可他到现在还是一个孩童般单纯的人。他待人单纯直接、善恶分明，喜欢就是喜欢，怨恨就是怨恨，绝不会因为实力不济而暂时向敌人献媚屈膝，也不会因为身份低微而向人俯首帖耳。不被理解时,他宁可孤独地站在远处,也不会面带讨好的去为自己辩解。

这少年,是把自己活成了一支长枪,一支孤傲、独立的长枪。为心中这份孤直,义无反顾。可这暗潮汹涌的江湖,容得下这样的直士吗?直士入江湖,就如空船入海,必然有去无回,至死方休。

刘梦阳想到这里,忽而哑然失笑,人家都要择日登门来取自己性命了,自己还想着人家能不能被这江湖所容。她含笑起身,立在杨宁对面,抬手先理了一下鬓角秀发,继而并拢食指中指,在自己脖颈上轻点了点,说道:"大好头颅在此,凭君来取!"

刘梦阳虽为女子,却从不矫揉造作,从来是遇强则刚、不甘人后,这句话说得极为洒脱傲气,还带有三分轻蔑与不屑。几乎一瞬间,那个功力未失时飒爽自立、冷静敏锐的纯阳冲虚子好像又回来了!

被对方直接怼回来,杨宁反倒有些尴尬了,其实他本意并非是要对刘梦阳叫嚣,时刻提醒对方自己要登门寻仇,念念不忘把她摆在自己的对立面。相反真正让杨宁割舍不下的,是之前在长安路上,与刘梦阳背靠背共御强敌的安心感;和长安城内他忍着尸毒拼命硬撑,终于见到刘梦阳如约而至的欣慰感。若没有这场上一代的恩仇,两个人即便做不成知己,至少也是一对能相互相信、相托相容的朋友。可造化弄人,既让两人相见相识,又让两人身背解不开的仇怨。

杨宁低了头,稍稍沉吟,低声道:"我去洛阳投奔天策,你……且好自为之。"

杨宁对于天策的了解，其实是具有多重矛盾的，长安路上天策新兵以剿匪试炼，那些被安庆绪挑拨内讧，火并厮杀一夜的残匪们，面对不满百人的天策军，如同蝼蚁般被碾压，杨宁与安庆绪也险些在箭阵之下丧生。安庆绪愤愤称呼这些人是"一群以杀人为乐的纨绔子弟"。而经过壶口关一役，杨宁赫然发现传授自己武功的老师竟然曾是天策一员，因为姓武而被迫隐居于此，这位老师再见杨宁不久就战死在城关口，他以身鉴誓言，一日入天策，终身守大唐，宁死无悔。而那位明知被人阴险算计，仍率领孤军死守大唐疆土，直至战死也不肯后退半步的王悔老将军，竟然也曾是天策一员。而壶口军众人竟对天策颇为敬仰，看杨宁这个假冒的"天策援军先锋"的眼神，也与旁人不同。

所以对于杨宁而言，心里最想知道的就是，天策到底是什么？

天策是一座府邸，但更像一座城塞。

天策府是当年太宗皇帝的潜邸，是太宗在高祖武德四年时在洛阳修建。当年太宗皇帝以右领军大都督身份，率唐军攻下东都洛阳，又破虎牢雄关，以少胜多一举击败王世充、窦建德联军之后，声威大振。高祖皇帝下诏册封太宗皇帝为天策上将，许开府任官属，位列唐军诸军府之首。天策府名将辈出，既有尉迟敬德、秦琼、程知节等陷阵勇将，也有长孙无忌、李勣、李靖等筹谋智将。

太宗皇帝继位后，天策府几经扩建达到顶峰，统辖超过三千人，精锐冠于十四卫府之首，天下名将半数出于此。武氏继位后极力屠戮、压制李姓宗族，天策府也因此屡遭削减，曾一度面临废除危机，多亏宰相娄师德进言，声言轻动太宗龙兴之地恐失人心，这才保住了天策府千余将士。后来这些将士成就了宰相张柬之发动神龙宫变的班底，以区区五百人突袭玄武门，压制住右御林卫等四卫兵马，力保太子李显斩杀二张，逼迫武氏还位李唐。

可中宗、睿宗继位后，内心深处对这样一支冠绝天下的精锐却颇为忌惮，甚至暗生猜疑。一方面要倚重天策府的军威压制四方豪强、卫府，另一方面又害怕这股足可以倾覆朝堂的力量，一旦被他人所用，将玄武门故事重演。所以才有调神策军入长安，形成"二策安泰"的格局。

杨宁来至天策府外，早有当值军士拦住他，喝问来历与事由。

杨宁老老实实回答，是前来投军的。

当值军士闻听，先是冷笑，继而摇头道："小子，你以为我们这里跟神字头那帮家伙一样吗？随随便便是人就要，只要扛得动柴棒就收进去吃粮扛枪？这天策府，是天下英雄汇聚之地！不是你混吃粮饷的地方！"

若是两年之前，杨宁绝对会甩手而去，管你什么天策地策！若是在一年之前，杨宁会冷笑几声，回敬他几句。但此时杨宁神色淡然，低头想了想，摸出王悔老将军临终前赠给他那条带有天策徽记的系甲腰带，递给当值军士道："这是天策前辈交托给在下的信物，让我凭此物前来投军。"

军士接过腰带看了看，又看了杨宁的过所文书，手指不远处的茅棚道："先去那里等着，我替你回禀进去看看将军怎么说！"

这茅棚在大门五十余步之外，茅草铺顶，四面无遮，打横的栏杆上拴着几匹烫有其他军镇徽记的战马，棚内摆了数截原木当作座墩，棚外立了两排石柱拴马桩，看得出是个供往来军士歇脚的驿棚。

杨宁坐在木墩上歇脚，一名身穿军袍身上却没有任何徽记的白发老兵走过来，递上一木碗茶汤道："歇歇腿吧，里面好大哩，他给你去回禀，得一盏茶之后才能回得来！"

接过木碗，杨宁这才仰头打量起这座天策府。完全不同于其他府邸的白墙灰瓦、隔窗藤萝，天策府的围墙竟然是一幢标准的城墙，角楼、箭楼、马面、胸墙、望孔齐全，手掌厚的城砖层层叠叠垒有数丈，远望去城内有楼有塔、有旗有幡，俨然就是一座城关模样。

杨宁在这里看着，那老军一边持了扫帚扫地，一边犹自絮絮叨叨地说着："那当值的兵也并非为难你，只不过这天策府的人都是官宦子弟，随便拉出一个人来，本家亲戚里最不济的也是个开国侯伯吧，本来就鼻孔长在头顶上；府里吃穿用度、兵器甲仗又比各卫府强出数倍，所以就骄横惯了，处处以天子爪牙自居。别说你了，有其他卫府校尉、都尉们来了，也一样看他的白眼。"

副统领秦颐岩正在校场外与军师朱剑秋低声说话，守门军士上前行礼，递上杨宁的路引与凭证信物。朱剑秋简单问了几句，回忆一番后笑道："恭喜副统领，又得了一员小将！这杨宁我已留意他许久，一直想寻机将其揽入麾下，不想上天有意，将他送到我眼前来了。"

秦颐岩手捧路引愣了片刻，仔细问了问守门军士杨宁的相貌，忽然道："他只是一介布衣，没有功名，更不是勋贵之后，与我天策招兵的标准不符，给他些银钱打发走就是了。"

颇有兴致的朱剑秋顿时一愣，这平时爱才惜才的秦统领，今天说的话很是反常。他将物件还给守门军士，安排道："去唤商仲永来，让他带杨宁去兵马使找徐长海，看分派到哪一营。等半个月后由秦将军亲自测试，合则留下，不合便遣退回籍。"

朱剑秋这番说辞既留了杨宁，又在军兵面前给秦颐岩留足了台阶，秦颐岩自然不好再反驳，便略略点头，算是同意了。

秦颐岩顿了顿，眼望军士远去的背影，缓缓道："药方的事情，可都办妥了？"

朱剑秋点点头，应道："各味药材都已经置办齐全，只等大统领回来，就可以照方抓药了。"

秦颐岩点点头道："药材的炮制固然重要，可是这天气渐热，到处都是蚊蝇，难免就有几只苍蝇悄悄飞进来，影响药效，还是要尽快才好。"

朱剑秋嗯了一声，说道："冷统领也该回来了，大家许久未见，不如后天晚上一起小聚一下，喝几杯酒如何。"

秦颐岩重重点点头回道："好，我一定去！"

商仲永是朱剑秋的弟子兼书童，常年随侍在朱剑秋身侧，大半日都埋头于书册典籍中，刚刚有些头绪，却被传去府门口接人，出来时自然是眉头微皱，胸含怨气。

待仔细询问杨宁过往之后，商仲永不禁惊讶道："你是布衣出身？你一个平头百姓，居然想入我天策？"他上下打量杨宁几番，摇头道："真不知道王梅老将军看中你什么了，哎你这系甲腰带别是捡来的吧？"

商仲永毫不顾忌面色不悦的杨宁，径直招呼他跟在自己身后去往东校场，一路上商仲永随手指点四周道："这条路呢叫英雄路，为纪念每一位保家卫国而捐躯的天策英雄所筑，路基都是水磨青石铺就，上面都刻有英雄之名。那边就是秦王殿了，是大统领与我师父他们的商议军务大事之所，你可不要轻易乱闯！后面是摆庆功宴的嘉宴堂，和供奉前辈英雄画像的凌烟阁。"

两人边说边行，路过军库，管库军士正好将覆盖弩车的苦布掀开，散一散库里的潮气，免得弩车上的木料生虫开裂。随着浅灰色的粗麻苦布滑落，一排望不到边的一人高的弩车，突然出现在杨宁的视线中，这些弩车车身高大、木料粗厚，金属的角铁锁扣被打理的光滑锃亮，丝毫不见一点锈迹。这一排弩车摆放在此，犹如上古时的狰狞巨兽，静静蜷卧低伏，却随时会怒吼而起，令人望之咋舌。

杨宁在壶口关见识过床弩，对比之下，这些弩车比床弩还要高大，射程一定更远，忍不住向身边的守库军士问道："敢问袍泽，这弩车的射程有多远？"

见是个陌生人提问，守库军士上下打量杨宁几眼，转头看向他身边的商仲永，商仲永点头示意可以回答。守库军士冷笑道："好远，好远。"

杨宁眼角轻轻一动，笑着追问道："好远是多远？"

商仲永不耐烦地摆手道："没事！可以告诉他。"

守库军士手拄木杆嗤笑几声，傲然道："好远好远，就是好远好远。"

这个回答巧妙且直接,非常完美地表达了回答者的态度:你没资格问这等军机秘密,老子也懒得告诉你!

商仲永被这军士的机智与桀骜折服,捧腹大笑起来,杨宁尴尬地立在一旁,咧嘴苦笑几声相陪。

李承恩一身征尘,在日落时赶回天策府,秦颐岩、朱剑秋、徐长海、冷天峰早就等在府内等他,为他摆酒接风。李承恩将战马缰绳交给亲随,说道:"今晚要大醉一场,所有军务且都放在明晨再说,尔等不要来搅扰我们的酒兴。"

作为天策府大统领,李承恩是世袭英国公,是当年大唐军神李绩的血脉,但他的书房却非常简单,只有兵器架、舆图阁、军报柜这三样摆设。要摆设酒菜也只能放置在书房中央的大条案上。

遣走了侍从婢女,李承恩招呼众人坐下,他手按两膝稍稍沉吟,淡淡说了一句"病症已经确诊了",就招呼众人吃饭。

吃饭是真的吃饭,在座诸人自己提壶倒酒,动手摆整杯盘埋头大吃,恍若身旁无人,竟无一人开口寒暄。风卷残云般吃完之后,天策府诸位头领亲自动手将杯盏碗碟都撤下,一张长安舆图铺开在桌上。李承恩取来两支青铜睚眦镇尺压住舆图边角,开口道:"药材准备的如何了?"

秦颐岩咳嗽一声先开口:"此战有五难。一是长安城内街巷楼台复杂,不比山林平地,军士难闻金鼓旗号,调遣协作难。二是对方都是亡命之徒,且兵器充足,若做困兽犹斗取胜难。三是对方有不少顶尖高手,我欲四处分兵围歼,若对方孤注一点突围,则阻拦逃窜难。四是如何将对方所有首脑请君入瓮,聚而歼之?五是谁来置办'朱砂'?"

朱剑秋微微叹气道:"圣上是英睿明君,处事每每雷厉风行。有汉末之乱前车之鉴,自然不会放任病症拖延下去。所以这症再难,也要速治。秦统领所说这五难,的确是影响此战成败的重点,前日我冥思苦想已经有初步心得,且容我仔细推演一番,一定能有好的解决办法。"

徐长海点头道:"还有一难。如今病症如瘟疫漫卷中原大地,几乎无孔不入,而天策府历来被各方势力关注,一旦有大股军马调动,必定引起各方警觉。可如此大战,我要调配军士,又要筹集军需、器械,难保不会留下蛛丝马迹被人发觉。"

李承恩点点头,缓缓道:"我已经按照剑秋军师之计,令宫中放出消息,九月十五日是当年玄奘法师的成佛日,皇家要出行到崇圣寺中瞻仰法师留下的舍利。对方一旦得到这个消息,必定会抓住此千载难逢的良机,趁机发病。我们就选在九月十三日,在病症将发之时,也是对方最紧张、最容易疏漏的时候,抢先动手。这次行动的名字就是:'桂枝行动'!一切安排都以九月十三这个时间为准,按原先议定的分工,各自行动吧。"

众人点点头,低头看向桌上长安城舆图,目光聚拢在西北部开元坊内的一处标记上,这里标记的地名是大光明寺。

大光明寺是明教在长安城内新建的总坛,天策府筹划的"桂枝行动"就是为一举铲除明教而设计,各位头领交谈暗语中的"病症"即代指明教,众统领议事时提及的"药方",便是明教首脑的名单!

枫华谷一战后,借籍唐门、丐帮英雄的累累尸骨,明教声威如日中天,尊崇如纯阳、超然如少林、威名如藏剑,都对明教另眼相看。此时江湖中,有能力与明教放手一搏的门派,便只有天策府。

天策府并非是个单纯的江湖门派,它背后是大唐,是皇室李家。天策府历来极少参与江湖恩怨,但却是一股谁也不敢小视的力量,因为谁也不知道天策府究竟有多少潜力,能发动多大规模的攻击。江湖中的确也少有人敢去招惹天策府,因为挑衅官府那可是死路一条。

明教并没有挑战天策府,而是无意间挑战了当今天子。玄宗皇帝李隆基八岁时面对武懿宗的欺凌,即敢当堂呵斥:"此吾家朝堂,干汝何事?",为已经执掌皇权的武则天所惊讶。成年后他平韦后之乱、平太平公主之乱,两次以一己之力力挽狂澜,稳定大唐江山社稷。

以玄宗皇帝的手腕与眼界,自然明白汉末之乱的根源在于黄巾,百姓不惧官府而畏教门,此乃乱汉之始。如今明教在大唐各地之传播,可谓分坛密布、信徒虔诚、收捐派役、自成一统,俨然一派小朝廷模样,各地屡有文书上报,称当地教徒聚众持械,阻挠公干。如此明教若不及时铲灭,一旦国家有变,必如当年之黄巾,生成大祸。

所以玄宗在月前急调李承恩入长安,于禁中面授命令,而不敢发布中旨,亦有害怕打草惊蛇、引发大变的顾虑。玄宗特别叮嘱李承恩,铲恶务尽、筹谋务密、行事务急。

可是玄宗与李承恩却不知道,针对两年前大唐天子解散明教的《破立令》,明教也有自己极隐秘的应对方案:"圣火行动"。明教众高手与首脑人物,正同时从大唐的四面八方匆匆赶往长安。

天策府兵马使，是府中位置仅次于副统领的大将，负责军卒训练选拔、调配拨付。现任兵马使徐长海大步腾腾走进秦颐岩住的屋子，一手按住条案，凝视秦颐岩压低声音道："副统领，是不是他来了？我第一眼看见，就认出来是他！"

秦颐岩无奈地点头回道："他小时候没少被咱们抱过，我当然认得出来。"

徐长海跺脚道："他既然来此，说明嫂夫人也……唉，当年咱们可是立过誓的，要这孩子读书习文，绝不再习武，嫂夫人也曾发誓再不入天策府半步。这……你怎么又收下他呢？"

秦颐岩长叹一声："咱们这些老兄弟们自然知道当年他父亲的事情，可军师不知道啊，就把他收进来了。唉，干脆，你赶紧吩咐他那营的校尉郭炜，调教时狠狠下手，然后找个茬口把他骂走就是了！"

徐长海举手轻拍额头，心中十分纠结。"可副统领……我是真想让这孩子留下来，让我能多看看，和他爹当年太像了，不但身量、相貌相似，那股子耿直劲也像他。"

秦颐岩的面色略显犹豫，却还是摇摇头道："轰走！干脆轰走！若是这孩子在天策再出什么意外，咱对得起杨教头在天之灵吗？"

徐长海、秦颐岩还有几个鬓角花白的天策老兵，远远站在演武场西边望楼上的阴影里，俯视演武场中正在操练的一队天策士兵。

天策血红的战旗随风扬起，旗下少年身穿崭新战袍，褶皱尚未平复，他腰杆挺直站在队列中，一枪将面前树立的四个木人全部刺倒。这是教科书般干脆漂亮的一枪，势猛枪直，枪出靶倒毫不拖沓，所用的当关式也是以少敌多时最正确的选择，少年收枪肃立不苟言笑。

徐长海与秦颐岩互相看看，眼神中都有些笑意，不自觉鼻腔中又有些泛酸。演武场中那个名叫杨宁的出枪少年，举手投足间像极了当年他父亲、上一代天策府枪术教头杨明！那个被母亲负气带走，十余年不知去向的少年；那个在天策府外哭着扔掉手中小木枪，抱紧母亲脖颈的少年，那个时常出现在梦里，被大家暗自惦念的少年，终已长成！如今他沿着当年父亲的足迹，又回来了。

他真的回来了，带着他的枪，带着他的志向，又站到他父亲一生引以为傲的战旗之下，使着他父亲最擅长的枪法，披上与他父亲一样的鲜红战袍，立在与他父亲同生死的袍泽眼前！再一次追随大唐的天策战旗！

一排排与杨宁同龄的少年，一样手持木枪与他站在一起，阵列如刀裁斧剁般整齐，他们持枪的动作或许稍显稚嫩，他们挺起的胸膛或许有些单薄，但多少年来，天策英雄就是这样，一代一代传承下来，生生不息、绵延不绝。他们也许是父子、是叔侄、是师徒，尽管身份不同，但每一代人都将血红色天策战旗视为自己毕生的信念，以肃立于旗下为荣耀，以血染战旗为骄傲。他们传承的不仅仅是枪法，更是对大唐的忠诚，对佑护亿万苍生的担当。

天策长枪在，永守大唐魂！这是他们在战场上吼过亿万遍的誓言。

徐长海揉了一把鼻子，低声道："秦大哥，让这孩子留下吧，他太像杨明兄弟了！他将来一定是个合格的天策！"

秦颐岩扭转过脸去仰起头，眺望角楼上斜挂的天策认旗，胸口起伏一阵后，还是摇摇头道："不行，我是答应过嫂夫人的！我们已经愧对杨兄弟、愧对嫂夫人，不能收下他，让郭炜找借口轰走他！"

演武场中，郭炜手举白蜡杆重重抽在杨宁后背上，杨宁控制住自己，不躲不架，任后背传来火燎般的疼。

郭炜凑近杨宁耳边，张开大嘴狠狠吼道："出什么风头！我让你一枪刺四个靶子了吗？新兵杨宁，重复命令！"

"命令是：新兵杨宁！向前，突刺！"杨宁腮帮收紧，用力大喊着回答。

"我用得着你一枪刺四个靶子吗？显摆你手快是吗？你认为别人都比你手慢是吗？"

"回禀校尉大人，不是！"

"不是个屁！逞能！出风头！上了战场你这种人死得最快！不但你自己倒霉，还会连累到袍泽！把你那一套江湖气给我收起来，这里是天策！是大唐诸卫府第一精锐的天策！我们的职责是守护大唐、杀敌平乱。我不需要高手，我只需要合格的战士！"

又是一木杆抽在杨宁后背上。"兵战凶危，你们的性命就挂在这枪尖上，瞬息定生死、一枪见分晓。所以天策取胜在于枪法，更在于阵法！只有令行禁止、旗鼓严明，勇者不得独进，怯者不得独退，千百人如臂使指，方能克胜强敌！听懂了吗！"

"禀告校尉，我懂了！"

"懂个屁！道理都是用命换回来的！你能有几条命？你身

边的袍泽能有几条命?去把石柱扛起来,给我绕演武场跑一百圈,胆敢少跑一步,你就给我滚回家去!"

暮色中,消瘦的身影肩扛环抱粗细的一根石柱,一步步奔跑在演武场的黄土地上。

同样的暮色中,长安城以西数百里外,一条黑影施展轻功在山岩峻岭中急行,他衣袖飘飘,蜻蜓点水般在探出岩壁的山石上蹬踏跳跃,时而借助手中长长的飞爪,在悬崖峭壁间灵巧的荡跃。行走江湖轻功再好,也比不得马力持久,但再好的良驹也受限于道路,不能在山岭间直线穿行。所以在驿道上乘马、在山岭中使用轻功,是需要疾行的江湖人。在赶路时普遍采用的策略。

此人连续翻越几座山峰,也算得内力充沛,等一路行到山脚下时,身上衣衫已经湿透。此人停在一处背风的树下,从怀里摸出一丸丹药塞进嘴里,盘膝运功片刻,起身大步直驱向西。

山腰间有一座古刹佛寺,山门的门楼上高高挂起四根红蓝绿黑三角旗,旗面上绣着升腾的金黄色火焰。来人远远望见火焰角旗,长吁一口气,径直迈向山门。

路旁闪出两名手持弯刀的黑衣人,并排拦住其去路,高声喝问道:"什么人?夜闯明教行坛!"

来人收住脚步,伸右手解下遮面黑巾,而后举手高过头顶,捏出一个法诀,高声应道:"我等上相悟明尊,遂能信受得真言。"露出月光下一张粗眉阔口的方脸,正是明教五散人之一的烟波钓叟詹毅。

见来人报出自家切口，两名黑衣人相互对视一眼："及除结缚诸烦恼，普令心意得宁安。詹先生您深夜至此，可有事要见护教法王？"

詹毅伸左手入怀，摸出黝黑一物，捧在身前道："奉教主之命，传圣火令给四位法王。"

两名黑衣人摸出火折子点亮，凑到近前细看，只见詹毅手捧之物长约盈尺，是一柄雕琢精巧的玄铁莲花，花柄微曲长短如筷、花苞大小如儿拳，半开的花瓣层层叠叠，护住花心内金黄色的火焰形状花蕊，正是明教中教主亲掌、至高无上的圣火令！

四大法王在佛寺前殿半跪行礼，恭敬的从詹毅手中接过圣火令，莫言伤指挥教众道："快取蒲团来请先生坐，取布巾来给先生净面，取温酒来给先生解乏。"

詹毅摆手道："法王如此敬待，折煞詹某了。"

莫言伤笑道："詹先生在教内立过大功，在教主面前都有先生座位，何况我等。况且先生奔波千里传令，不辞辛劳，理当受此礼遇。"

说话间，莫言笑已经打开圣火令底部的蜡封，从圣火令中空部分取出密信，看过后传阅给其他三人。

莫言败手捏密信略略沉思，微微皱眉道："先生从总坛而来，可知是否还有其他圣火令发布出去？"

詹毅点点头道："我出长安时打听到，教主将六枚圣火令全部发出，应该是召光明左右使、四位护教法王、五散人、十二尊者、五行旗使和身在中原的元老们齐聚长安。"

莫言急疑惑道："按我教之前的筹划方略，五行旗分统各地分坛；左右使与护教诸法王巡行四方；十二尊者坐镇总坛，五散人常随教主身侧。这般分派各司其职、各尽其用，为何忽然要把大家召集回长安呢？"

莫家四兄弟中，莫言笑一向诙谐，想了想笑道："长安城居之不易，难不成是教主买下一块地皮，要建些房子给我等居住？"

莫言败面沉如水，挥手屏退身边教众，目视詹毅低声问道："是圣火行动要启动了？"

詹毅默然片刻，轻轻点了点头。

莫言败一抖袍袖，面色愤然，竟然索性背过身去，不再看詹毅。

莫言急按膝而起怒指詹毅道："你们好大的胆子！这样怂恿教主，这不是将我教上下数万弟子推入险地吗！"

见自己兄弟按捺不住，指责起詹毅来，莫言伤连忙伸手道："兄弟切莫动怒。教主信中也未说圣火行动马上启动，只是说要我等速速回长安，有要事商议。我想教主他也是难以抉择，所以才要把大家召集起来议上一议。"

莫言急两手一摊，愤然道："大哥！还议什么啊，中土与西域不同，西域治国不以儒家为重，所以推行拜火教义，而中土治国以儒家为依，若立国教，等于断了万千儒生的科举仕途，单这一点就等于是与天下人为敌！这些话早就讲了无数遍。我们常年在外护法传教，他们五个和那些尊者守在教主身边，都是他们天天怂恿、日日进言，要不然教主怎么会念念不忘圣火行动！"

詹毅面色稍变，连连摆手道："长生厚润安泰法王息怒，此言差矣，我等尽管偶有分歧，但到底都是为了光大本教，只是策略不同，谁也不曾有半点私心，明尊在上，圣火可鉴！怎么到了你们这里，我等就变成教主身边的谗佞小人了！"

莫言急是个暴脾气，他踏前一步右臂伸出，食指中指并拢，戟指詹毅面门怒道："小人就是小人，你不承认也是小人！为谋私利蒙蔽教主，巧舌如簧，蛊惑其他教友兄弟！明尊在上，早晚降下圣火烧死你们这些市侩小人！"

这般痛骂丝毫不留情面，可算是彻底撕破脸皮，詹毅勃然大怒，面色铁青立身而起，指天立誓道："明尊在上！詹毅对我教若是存有半分私心，天雷可击之，天火可焚之，天虫可食之！"

这三条誓言每一条都是教义中至高惩罚，詹毅一股脑将三条都加在自己身上，可见也是动了真怒。"你法王布道护法有功，在下卧底丐帮数年难道就是轻松享乐去了？教主若不信我、敬我，焉能将事关我教生死之大计托付给在下？当年枫华谷大战时我教危在旦夕，是在下辅佐教主尽歼来敌，难道如今我教如日中天，在下反倒要亲手再将本教推入绝地吗？"

詹毅在五散人中的排位极为靠前，仅次于谷烟河，是连陆危楼都要另眼相看的人物，四法王虽然地位崇高，到底也不宜与五散人生隙。莫言伤连忙走过来横在两人之间，摆手道："先生言重了！舍弟说话向来直爽，可内心与先生一样，对我教忠诚无二。这圣火行动事关重大，合教上下几万弟子，追随明尊的十余万信徒，都与其息息相关，实在是应当再好好商议一番。"

詹毅一展袍袖转身便走，头也不回道："圣火令已传到，在下这就回长安城中,等着恭迎四位法王大驾了!"

望着詹毅怒气冲冲的背影,莫言伤叹口气,转头看向莫言败,莫言败良久无言,叹口气道:"回长安!"

第九章

　　天策府的水桶很特别，比普通水桶粗上两圈，只在中间有海碗大小的一个凹坑，几乎就是一个近百斤的实心铸铁大疙瘩，若是用它来装水，一桶水未必有寻常一碗水多。桶身上还不知道何年何月，被人用利器划刻了"轻若鸿毛"四个歪歪斜斜的大字。杨宁现在要做的事情，就是用这样两个铁桶往返运水，灌满校场西侧小山丘顶上那个大石槽。

　　杨宁忙碌了一整个更次，才堪堪灌满了石槽的一半，他将水桶扔在旁边，坐在地上背依着石槽仰望天空，他从没如此盼望过下雨，哪怕能有毛毛细雨飘落进石槽也好。可是漫天星斗璀璨，连一片云彩都没有，哪里能来雨水呢。

　　这近一个月来，天策府中与杨宁最相熟悉、交情最好、最常见面的就是这大石槽了。几乎每隔一两天，要么是军服上有污渍、要么是队列没站整齐，杨宁就因为这些吹毛求疵的原因受到处罚，在晚饭后手提两个"轻若鸿毛"桶，来给这个大石槽灌水，直至把石槽灌满溢出，才算完成。

杨宁揉揉发酸的小臂，举手拍拍背后石槽，自嘲道："石兄啊，自我来后，就多了一个伺候你的小厮，天天给你喂水喝。明天且容我带包茶叶来，请你喝茶水可好？"

石槽闷哼一声，回应道："你这样不争气的货色，带什么我都不要！"

杨宁闻言一愣，这石槽居然能开口说话，他挺直腰杆细听，微风中石槽又道："天天送水、送水，你水送的这么好，干脆去推车卖水好了！还做什么天策！"

杨宁翻身跃起，只见石槽后背对月光站立一名身材高壮的青衣人，他侧面对着杨宁，目光自顾自落在他手持的长戟上，方才的声音并不是石槽成精，而是从此人口中说出。杨宁斜行两步转到来人身侧，借着月光细看来人正面，竟然是在长安城铁牢之内与他生死相搏的曹炎烈！

都是从铁牢内搏杀出来的幸存者，也曾为了唯一的活命机会竭尽全力去杀死对方，杨宁自然清楚对方的实力。而曹炎烈出现在这个时辰这个地方，必然是他经过数天的暗中观察窥视，刻意为之。所以，他绝不是千里迢迢来给杨宁送土特产的。

若在此时争斗搏杀，体力与气息上杨宁绝对处于劣势，这一个更次的挑水消耗掉他太多体力，而曹炎烈却是以逸待劳、好整以暇地在此静候多时！

杨宁冷笑几声，随手解下腰带竖着撕成两条，一边在自己小臂上缠紧，一边道："手下败将，你这是一个人来，也不找个帮手？"

以曹炎烈的老辣，自然看得出这少年在故意找话题拖延时间，也好做多一点准备，他哂笑几声道："你几时见过农家杀猪宰羊还要帮手的？送你上路用不了几招，简单得很。"

曹炎烈自尊心极强，一生罕有败绩，铁牢中在杨宁长枪逼刺之下连连退却，几乎成为毕生之辱。离开铁牢之后，他反复思量，当日之所以败落杨宁枪下，主要是兵器不称手，曹家戟法的杀伐特点不能尽数施展。因此他特意去取了铁戟，又花钱在隐元会买到有关杨宁下落的消息，径直追到洛阳来。按曹炎烈的心思，杨宁如此年少，枪术就有了这样的成就，以其进境等到三十岁，必然是冠绝天下的高手，与其留到日后与自己争一日长短，不如趁此早点儿了结！

杨宁扯下战袍下摆，抹净枪杆上沾染的水渍和汗珠，冷笑道："非要赢我才安心？"

曹炎烈点点头，正色道："是。我曹某人可以死、可以伤、可以残，唯独不能输！我这一辈子，就是死也要赢着死！"

杨宁横枪在手，却向后退了两步。"我不和你打，天策有军纪，任何人不得与外人持械私斗比武。"

曹炎烈仰头大笑，随后说道："我以为你在天策学了什么高深的武功，原来是学到了虚张声势大法，和道貌岸然神功！胆小就是胆小，畏惧就是畏惧，拿再多的理由出来，也是个贪生怕死的货色！"

杨宁冷笑道："心机好过武功的家伙，你怎懂得什么叫令行禁止、什么叫号令严明，不知规矩的人，本领再高也是一群乌合之众！我说不和你动手，就不会和你动手。"

曹炎烈嘿嘿冷笑，回道："你不动手，那我就是屠杀，多没有意思啊。或者我可以找个由头逼你动手呢？比如抢走军旗？一把火点着你的军营？"

杨宁连连摇头，无奈道："真是力大无脑，这两件事情你敢做一件，我担保你全家能在大牢里锁了琵琶骨过年。不信你便试试。"

曹炎烈不怒反笑，看了看面前大石槽，幽幽道："你这半夜跑的可是辛苦啊！得有一百趟才运来半槽水吧？要不我帮帮你？"

说着曹炎烈后退半步高举铁戟，哇呀一声暴喝，铁戟月牙向下力劈石槽。铁牢厮杀中的破戟很不顺手，手感几乎如同一根烧火棍，曹家家传的百炼铁戟，又岂是凡品可比！

这一劈力道极足，半人高的石槽竟然应声被劈斩成两半！杨宁辛苦运来的水洒溅了一地。"你看，以后你就再也不用运水啦。"

曹炎烈这一手太过阴狠，直接打在杨宁最顾忌的地方，杨宁之所以不敢动手，是因为天策军规极严，私下持械殴斗比武要被革除。可曹炎烈毁掉石槽后，杨宁若是不将他拿住，明早校尉验看时，就浑身是嘴也说不清，要么是杨宁泄愤毁掉军器，要么是杨宁纵容人毁掉军器，不论怎么说都是躲不过去的一顿责罚！

杨宁大怒，一个月来在天策府内遭受白眼、轻蔑，汇聚成压制不住的熊熊怒火喷薄而出。他枪指曹炎烈，咬紧牙关。你要战，那便战！

雪月枪化作一道乌光直刺曹炎烈，曹炎烈抖铁戟使出家传戟法中的"擒虎豹"，压住雪月枪，手腕运力瞬时向前推刺，用月牙割划杨宁的咽喉。

一支点钢箭斜刺射到,极精准的命中铁戟戟头,迸溅出点点火星。杨宁与曹炎烈收招侧视,是新兵营校尉郭炜带队夜巡,在十余步之外开弓射箭,阻止住二人的争斗。

郭炜面色铁青走到二人近前,他右手半举一挥,身后十余名天策军士举盾持弩冲上前来,站在杨宁身侧,同时竖盾架枪,直指对面曹炎烈。

曹炎烈冷笑道:"以多为胜,果然是名门大派的看家绝技,敢单独迎战否?"

面对曹炎烈的狂妄挑战,郭炜的回应简洁干脆:"滚!"

曹炎烈眼角微挑,不屑道:"臭当兵的!天策府又如何,以为我不敢杀你?"

郭炜微微扬起下巴,指了指下山的方向,回应道:"快滚!"

曹炎烈一横铁戟,摆出应战架势。

郭炜扣箭推弓,对准曹炎烈,与此同时那一队天策军士齐齐发动,一瞬间动作齐整的完成弓步、推盾、压枪、举弩的应战动作。

曹炎烈内心稍作权衡,自觉胜算不大,他冷笑几声,摆动铁戟缓缓后退,伸手点了点杨宁,几声冷笑之后,消失在树林之中。

郭炜回过头怒视杨宁,说道:"好啊!天策府多少年没出一个敢持械私斗的人了,你是第一个!带着你的江湖气,给老子滚回家去吧!"

入府未过两个月的杨宁,终于被天策革除。

在除名文书上用红笔划了名签，徐长海心里长舒了一口气，却迟迟不愿将这除名文书卷起来递给军吏，他舍不得。若天策不容这孩子，他必然会流落江湖，不知今后与何人为伍，不知日后有如何作为，再见他，不知道要到何年何月了。

徐长海仰头向天，口中默念几句，终于挥手道："拿走发了！"

来投天策时，单人独枪，离开天策时，也是单人独枪。

杨宁回望一眼空荡荡的演武场，心中暗自叹息："师父啊，不是我不尊您的遗愿，而是天策不容我！王悔老将军，不是我有违誓言，而是……而是我命由人不由我啊。"

杨宁缓步走出天策府大门，当值的军兵对他视而不见，恍若从未见过一般，在他们眼中，这等被淘汰遣返的货色，根本不值得他们用眼角余光扫一下。

驿亭中的老兵停下手里的活计，手按扫帚远远看着杨宁走过来，问道："哎！你这是要去哪里？"

杨宁看着这位两鬓花白的退役老兵，默然片刻，长叹一声道："老前辈，这天策府的门槛太高了，我实在高攀不起。"

老兵微微皱眉，问道："你说天策府门槛太高？还是你吝惜腿脚不愿意抬高？难道你把天策府里外都看过一遍了？"

杨宁已然意兴阑珊，他无心与老兵斗嘴，摇摇头就要自顾自走开。

老兵唤他道："从来英雄不自由，哪个名将、豪杰不是经过万千磨砺，你就这么走了？"

杨宁不理会他，提了枪便走。

老兵快走几步，到前面伸手拦住他去路，高声道："且慢走！跟我去个地方！"他将手里的扫帚往地上一扔，扯住杨宁直奔天策大门而去。

守门军兵见老兵扯着杨宁居然回来了，瞠目口呆之余，连忙上前拦住，好言相劝道："罗侯留步……这大门罗侯您老人家随便进出，可他不行，他是被天策除名了的！"

老兵挺起胸膛，瞪起眼大声道："还知道我是世袭的靖宁侯啊！现在这小子就是我的亲兵、我刚收的部下、是伺候我的随从，不能进这大门吗？"

这下轮到杨宁瞠目口呆了："您……您老人家……老前辈您到底是谁啊？"

"唉，祖上英武，家里世袭了个靖宁侯的爵位，传到我身上，偏是手笨、脑笨，读书考功名不成，习武也不成。我三十岁入天策府一直到解甲归田，官职就是个小小的校尉，人家出门克敌我留守、人家外出征讨我留守、人家陪王伴驾我留守、人家归乡团聚我还是留守，我就是天策府铁打的'留守校尉'。别看我没啥能拿出手的功绩，可我熟悉天策府啊，这里每一寸地方，我都踩过，每一块砖的位置我都记在心里。我是打心里喜欢这地方，离不开这里，所以就跟大统领讨了一个府门外接待往来人等的差事，天天和那些驿兵、信使、访客们打交道。"

这位退役的罗校尉一边絮絮叨叨说着，一边拉着杨宁快步走过英雄路，带他来至将军冢西侧的一处偏殿门口。"小子，这里你来过吗？"

杨宁只好摇摇头，诚实回答："罗侯爷，我没来过。"

"什么猴爷、马爷的，你喊我罗前辈就行！你跟我进来看。"

罗校尉猛地推开殿门，伸手拨扇几下飞扬起的尘土，推了一把杨宁的后背。"小子,随我进来看!"

偏殿像是个放置杂物的地方,静静的闲置了好些年,墙上、地上摆放着大量的物件、兵器,还有锦帛、文书。罗校尉手指墙壁,说道:"来看看这个,这是契丹昆都王身披的大氅,当年天策府一营孤军深入大漠,一人三马轮换骑乘,疾驰五昼夜,杀入昆都王的王庭营帐。那昆都王睡梦中不及穿衣,光着屁股抱马颈逃走,从此再不敢近我大唐疆域五百里之内!枪挑胡王大氅的,就是当年天策府状武将军杨明!

"还有这张图,这上面画的十二位西域王子,都是天策府手下败将,天策英雄枪挑西域十二镇,降服十二位王子,他们心甘情愿入长安宿卫内廷,来替我大唐皇帝站班看门!一枪降服十二镇的天策英雄,也是这位状武将军杨明!

"还有这些、这些、这些,这满屋的器物,每一样都代表天策的不败功绩,每一件都记载着天策的荣耀战功。知道吗小子,这位天策府状武将军、枪术教头杨明,就是你父亲!"

最后一句话听在杨宁耳中如贯雷霆,他转过头惊讶地盯住罗校尉:"你……你说……可我母亲说父亲只是个普通军官……她从来……她一次都没有提过……"

"那是因为,她怕你知晓了父亲的经历,会像你父亲当年一样,义无反顾地投身天策。母子情深,为了你能安全安稳地活着,她才隐姓埋名,远避千里之外,宁可让你与平凡的乡村孩童一样,玩泥巴打滚,宁可食不饱腹,宁可遭受亲戚白眼,也不愿让你与天策再沾上一点关系。"

"可是啊!"罗校尉摇摇头道:"她这般爱你、疼你,却忘了你父亲是一个多伟大的天策英雄,你身上流着的,是你父亲的血脉！'长枪在手，永守大唐'这八个字，是写进一代代天策英雄骨头里的！不论你走多远，经历多少磨难，天策战旗就树在这里等你，它永远不会倒下！总有一天，你会顺着冥冥中的天意回到这来，和你父亲当年一样，持枪立在这战旗之下！就如同我，生是天策人，死是天策鬼，一辈子都不会离开这里。"

"可是……可是他们都要赶我走啊！天策不要我啊！"

"徐兵马使、秦统领和我一样，都是当年同你父亲并肩持枪的袍泽，是能替对方抗刀挡箭的交情，我们都亲眼看着你母亲抱你离去，发誓再不踏进这天策府一步。你父亲死后，天策府增补新军规，第一条就是严禁与外人比武、私斗，为的就是不要再有人步你父亲的后尘。他们是不敢面对你母亲在天之灵，所以才不得已要逼迫你离开，想让你回去自己找个地方，安安稳稳像个普通人一样活着。可是你真的愿意离开吗？你想做个普通人，浑浑噩噩地活一辈子吗？"

罗校尉情绪激动，站到窗边手指着远处飘扬在城头的天策大旗，说道："看看这面战旗的颜色，你要离开这战旗吗？那上面还有你父亲流过的血！你要离开这里吗？这可是你父亲用命守护的地方。你生来就属于天策，就如同天策自诞生以来就属于大唐！"

杨宁一时哽咽，他转头凝视墙上悬挂的战利品，自己的父亲居然是天策府的枪术教头，居然是如此了不得的一位英雄。原来自己儿时就曾在这里居住，怪不得自己立在天策府大门之外，仰视城楼总有一种似曾相识的感觉。他轻轻伸出手，那记录天策英雄胜绩的书页已经泛黄，缴获的战利品上薄薄一层尘土，可是泛黄的纸页、斑驳的文字、战利品上的尘土，都挡不住澎湃的天策豪情扑面而来。缴获的兵刃在杨宁手下轻轻颤抖铮鸣，记录功勋的纸页轻轻起伏掀动，它们仿佛瞬间有了生命，有无穷的故事，要向杨宁倾诉。

罗校尉伸手捏捏杨宁的肩膀，激动地说："这肩膀已经足够扛起大唐的安危了。小子，你身体里就流着天策的血，这血会在你身体里一生沸腾不息，哪怕是寒风凛冽，哪怕是冷雨加身，哪怕是铁甲如冰，天策之血永远是灼热的。你想要做的事情谁也阻止不了，即便面前有十座大山，你也能用枪把它们一一挑开！除非你自己不想成为天策，你就想在太阳地里，混吃等死，做个浑浑噩噩的庸人！"

罗校尉伸手整了整杨宁的衣衫，将自己的束甲丝绦系在他腰间，接着摸出一根盖有天策府印鉴的纸卷，正色道："天策杨宁接令！朱军师对你早有安排，命你五日内便装赶到长安城北的西山居驿馆，不得有误！"

杨宁有些不知所措，惊讶道："你……怎么朱军师？这到底怎么……我还是天策吗？"

罗校尉狡黠一笑道："天策府里有句话，叫'算无遗策朱军师，事无不知罗校尉。'你不知道的还多着呢！小子，快接了令赶紧去长安吧！朱军师在那里等你呢！"

杨宁敛容接过军令，罗校尉立身挺胸，右手在胸前一横道："长枪在手！永守大唐！出发吧少年！"

西山居驿站在长安城北光华门之外，是运粮商队经常出入的地方。驿站有宽敞的前院，能喂马存车的后院，还有堆放货箱的茅棚，供客人住宿的木楼有三层高，环抱式分列东、北、西三侧，南向是正门。西山居门楼上插挂着土黄色三角旗，角旗中央绣着金黄色火焰徽记。

一行十余人的马队，徐徐而行走到西山居驿站门前，楼顶上撩高伙计使劲一拽手里的粗绳，一楼檐角下挂着的大铜铃铛叮当作响，撩高伙计把手举在嘴边，冲楼下仰望自己的同伴招呼道："客来啦！十二位！贵客好马！仔细招呼着！"

听到消息的迎客伙计们连忙从屋里迎出来，先捧上一盆热毛巾分给来客净面擦手，又捧上一托盘热茶给客人解乏，再指引后院给客人安排卸鞍喂马，忙而不乱井井有条。

这一队来客都是身裹披风，斗篷遮头，为首之人在伙计手捧的木桶里放下三枚铜钱，淡淡问道："小哥，我们做大生意，要大房间，出得起大价钱。"

见有大生意上门，伙计笑得嘴唇都几乎咧到耳边上，满脸堆笑道："那敢情好，敢问客人您做哪行生意？兄弟几人啊？"

来客淡淡回道："做药材生意，兄弟四人。"

伙计的笑容瞬时收敛，目光盯着来客的颜面缓缓道："先生是做汤饮片济，还是丸散膏丹？"

来客一字一顿回应道："镇惊朱砂丸。"

伙计回头向屋里高喊了一声："掌柜！订房的药材客商到了，是专作镇惊朱砂丸的那波客人！"接着拱手抱拳道："请随我来。"

微微驼背的掌柜将账本合好，毛笔搁在笔架上，绕出柜台迎上前来笑问道："即是做镇惊朱砂丸，就要用朱砂、雄黄、附子、麝香、巴豆仁这几味药材喽？"

来客点点头，回应道："还差麻黄、桂枝、防风、辛夷这四味药解表，再加当归、白芍两味药补血。"

掌柜连连点头微笑，挺直了腰背拊掌道："唉，朱军师编排的好暗语，背的我头疼啊！"

来客将斗篷摘下，露出头面，正是天策府军师朱剑秋，他身后几人也解开斗篷，正是化过妆的李承恩、秦颐岩、徐长海。

掌柜点点头，向四人抱拳道："姬某奉丞相之命，在此恭候各位多时！"

徐长海手指门楼的土黄色三角旗问道："姬总管，你这家客栈居然还挂着明教厚土旗的徽记！莫非这里是明教的桩子？"

姬别情点头道："不瞒兵马使大人，此地正是明教厚土旗所设的桩点，明为客栈，暗中却是望风报信、通传消息的据点。只不过这据点在设立之初，就已经为我所用，而明教一直以为是他们在掌控罢了。"

一行人直上三层的天字上房，推开窗户，驿站外两三里之内的情形尽收眼底，可以远眺长安城墙，李承恩满意地点头。

屋内四张八仙桌拼凑在一起，铺开硕大一张长安城舆图，姬别情笑道："这是最新的长安街坊图，按规矩只能借阅不能带走，但朱军师自有过目不忘的本事，想来也无须带走的。"

接着姬别情手捧一个木匣递给徐长海，说道："这里有允许天策军入城的文书；允许长安城内骑马的文书；允许临时征用长安城内望楼、城关，以及允许调配武侯、持金吾协助的文书；这是由长安县令负责供应粮秣的文书。这些文书已全部加盖陛下的玉玺，和丞相府的印章，徐将军尽管使用。一句话，除皇城十四卫之外，其他长安城内诸军、诸役，全凭大统领调配。"

李承恩抱拳道："李相政事缜密细致，当为此战第一功！"

姬别情摆手轻笑道："在京师中动刀兵，可当真是世间第一谨慎之事，纵然圣上信任天策，可若是稍有疏忽，纵使全胜，怕也会被在言路上寻些由头上书参奏的。"姬别情略一犹豫，伸手在舆图上虚画了一条线："大统领莫嫌在下唠叨，大光明寺以东不远，即是皇城的安福门、顺义门，此处由右骁卫、右威卫守御。天策府千万千万莫要让明教余孽冲击此线，一旦皇城受到冲击，那可是惊天大罪啊。哪怕是一块砖头扔到宫门上，你我可都是要掉脑袋的！"

秦颐岩点点头道："姬管家请放心，我等知道轻重。届时秦某会亲自在此压阵。"

姬别情点头道："据我收到的消息，连日来大量明教人物出现在长安，在大光明寺义宁坊内，更住有大量明教教众。天策是要准备夜袭大光明寺么？"

朱剑秋摇摇头，说道："正兵无须奇谋诡计，天策对长安又不熟悉，若在夜间动手，难免会有疏漏。便在明日辰时，以石击卵！"

李承恩手点舆图道："届时朱军师在此指挥调度，我与少林僧兵从居德坊向北主攻，徐兵马使与纯阳高手从普宁坊向南夹击，秦副统领与唐门高手自金城坊向西策应，留开远门做缺口，冷天锋带人埋伏在城门外擒拿残贼。"

姬别情点头道："四面围杀，围师必阙，天策这番布置也算天网恢恢了，我属下有二人，叶未晓与慕青青，他们熟悉长安城内布局,也层见过明教诸多高层人物,或许能有所助力,在此听候朱军师调用。"

朱剑秋点点头,长吁口气道:"此战有纯阳、少林、唐门三派助阵,还有浩气盟奇兵一支,可谓高手云集。且五日前就已安排神策军出面,以皇室外出礼佛为名,禁止江湖人携带兵刃入城,如此来削弱明教教众的战力。再由相府协助,天策暗中接管大光明寺周边的望楼,便于指挥调度。姬管家安排我天策军瞒天过海,秘密抵达长安,还派助如此得力的内应,可见天时地利人和皆备,此战我方必定全胜!"

李承恩一手捶在桌上,斩钉截铁道:"万事俱备,只等朱砂入局!"

这一天的清晨由小雨开始,雨滴密密麻麻的颇为粘人,雨水也让走街串巷的小贩们少了很多。有些人在起床的倦怠中微微诧异,怎么辰时鼓打了四遍,比往日多打了一遍?

正在礼拜圣火的明教教徒中,有些人便抬头望向立在四坊之间的望楼,负责鸣更鼓、观火警的望楼上,比平日多站了一个人,除此之外再无异常。

四法王昨日半夜方才赶回,左护法张戈正穿过大光明寺的前厅,来寻右护法铁翼,想在教主回来之前,同四法王商议一下,也好有个成议。第四遍报时鼓声缓缓敲击着,风卷落叶在张戈脚边打着旋掠过,水池中的锦鲤见有人经过便浮上来,讨好地摇头摆尾,微风吹动着香炉中的青烟袅袅而散。大殿内低沉的颂唱声刚刚告一段落,侍奉神像的信徒正举起灯油缓缓关注长明灯内。挂在木架上的云板传来清脆的一声敲击。

更鼓声停止,一声单调高亢军箫声忽然奏响。张戈心中忽然一动，长安城中驻军不少，都以向来金鼓为号，几乎从没闻听过杀伐之意如此浓烈的箫声。

箫声中，几名行色匆匆的行路人突然同时出手，将义宁坊门口值守的武侯一击放倒远远拖开，随即身穿山文铠步履整齐的唐军从远处冲来，快步涌进坊门，队列中擎旗手摇动双臂，血红色"灭"字战旗迎风展开，望楼上的人高高举起弓箭，四支绿色烟花被射向半空，接连爆响！

"杀！"随着战吼响起，天策精锐持枪挺盾，快步压上，坊外懵懂中的明教教众们未及反抗，便被长枪刺倒在地。惊惧的教众们连忙翻找兵刃，才想起在入城时自己的兵器已经被寄存在城门口，众人急忙踢翻桌椅，抓起手边能用的家伙，迎上来想要把冲进来天策拦在坊门之外。

"射！"乌云般的一蓬箭雨兜头砸落下来，是天策府独步天下的三矢连射，点钢破甲箭锐锋三棱，将无数身着布衣的明教教众钉死在地面上。而明教教众作为反击发射的暗器，在天策的盾牌与山文甲面前，几乎如隔靴搔痒。坊内空地上瞬时间伏倒大片尸体，惨呼声与呻吟声盖过了大光明寺内祈祷的颂唱声。

"刺！"侥幸冲到前面的明教教众，空手以掌力劈砸天策竖起的盾牌，除了砰砰作响，将盾面砸得前后晃动之外，根本不能撼动对方。而盾牌后刺出整齐迅疾的长枪，却将这些人一一穿透。更有后排的天策脚踏袍泽后背纵身前跃，长枪将阵前的明教教众戳倒在地。

"突！"有武功出色的教众挥动大刀磕飞箭支，扑上来想要在军阵中冲出一个缺口。带队校尉一声令下，四名天策持盾上前挡住对方来势,后面四支长枪当胸攒刺,这教众挥刀奋力招架,长枪手一刺之后齐刷刷收枪蹲伏,后面第三排四名弓箭手松弦放箭。这教众悍不畏死更有些本领,竟能奋力护头磕飞羽箭,可大刀护上不及下,被持盾军士捅出的长枪刺穿两腿,摔倒在血泊中。

灭字战旗左右晃动,传来领军主将的命令:"各队结卫公折冲阵!杀入大光明寺,毁圣像!灭圣火!遇邪教教众,格杀务论!"

厮杀声与惨叫声响彻整个义宁坊,左护法张戈运轻功跃上大光明寺正殿的屋脊,放眼望去四处都是血红色灭字战旗,他还来不及看清形势,立身高处的天策射手就射出羽箭,冲他覆盖而来。张戈闪身躲在檐下,箭尖撞击琉璃瓦的声音犹如密雨。

"左护法!是天策来袭!我们……"座下一名青年弟子跃上屋檐来报,话未说完就身中羽箭跌落下去。寺中明教教众们,毫无头绪的往返乱跑,不知该如何应对,忙乱中无数人在高声呼喝:"教主在哪里?教主救我!"

张戈一边躲避箭雨,一边运起内功吼道:"左护法张戈在此!各位教友关闭寺门!拆下塑像上的法器作为兵刃,一起守护圣火!"

庭院中谷烟河指挥人将中箭受伤的教众运入寺院,仰头高喊道:"左护法!天策来势汹汹,必是以围剿我等为目的,趁他们合围未成,你快带人突围杀出长安!"

张戈急道:"不行!教主还未回来,我等必须坚守到教主回来主持大局,再行突围!"

谷烟河连连顿足，高呼道："先把大门堵死！有兵刃的教众在前应敌，没兵器的教众速去寺内拆捡法器当作兵刃！各旗各坛分别应对各个方向的敌人！找四法王来，找五散人来！商议如何应敌！"

原本纷乱的明教教众，听到谷烟河的安排纷纷动手，搬扛香炉、坐像堵住寺门，莫言急手提金刚杵急匆匆跑出来道："君填海跑了！战事一起，他就带着詹毅跑了！"

张戈怒道："这几个败类！等教主回来，一定拿住他们，天雷劈之！天虫食之！"

谷烟河急道："外面坊间教众支撑不了多久，快快带圣火突围，找一处未关的城门杀出长安城去！"

莫言急将披风甩掉，怒道："小小天策，纵然有一两个高手，又能奈我何？你等且稳住人心，莫要慌乱！擒贼先擒王，我们杀出去寻到他的主帅杀了，重围自解！"

莫言伤摇头道："能调遣天策的只有朝廷，天策来袭说明是朝廷想要围剿我们。我听说天策军师朱剑秋乃是当世第一智者，他既然敢向我教动手，必然早有筹谋准备，岂能容你轻易得手？"

张戈道："大光明寺三年乃成，这里一砖一瓦都是教众心血所在，岂能轻易放弃，我等应当在此死守，等教主回来带大家反戈一击！"

谷烟河道："可教主一直没回来，再等片刻，即便教主回来，大家死伤惨重，又如何反戈一击？"

莫言急连连顿足，"人家已经杀到大门口了，还在这里议来议去，赶紧召集众人，带了圣火杀出去才是要紧！"

张戈无奈摇头:"那就分散突围吧,各带一部教众,北走开元门、南走金光门,大家出城后再做商议!"

浑身是血的詹毅跃过围墙急匆匆跑进来,急声道:"不仅是天策!北有纯阳、南有少林、东有唐门,咱们是被整个中原武林暗算了!"

厅堂内众人闻言顿时大哗,纷纷恶骂纯阳与少林卑鄙。

莫言败挺身而出,高声道:"此时我教危在旦夕,大家莫再商议了!左护法带五散人和锐金、巨木、厚土三旗教众向北突围,右护法与诸尊者带洪水、烈火旗教众向南突围!咱们杀出长安城去,枫华谷再相见!"

众人点头散去,纷纷召集教众分头而行。

莫言笑回头道:"哥哥你的意思是……"

莫言败长叹一声:"唉,偌大一个明教,且看平日里高居自大,蔑视群豪,一旦大难临头,自顾自逃枉顾他人者有之,议而不决犹豫不定者有之,不辨局面墨守成规者有之,合该我教有此一劫啊。"

莫言伤皱眉道:"大哥难道是想,合我兄弟四人之力向东冲击皇城?搅乱朝廷部署,替教众们引开重兵?"

莫言败点点头道:"今日,只怕我等性命就要托付给明尊了,若明尊在上,有意让我教不绝,保佑我等杀至安福门下。一旦皇城惊乱,天策必定要抽调南北两边力量向东,全力围杀我兄弟四人,这样其他教众突围就容易多了,一旦教主及时赶回来,局面也好过坐以待毙。"

兄弟四人平时心意相通,此时更理解莫言败的用意,可皇城是何等森严重地,敌方又是熟悉军务的当世第一智者,必定早布下层层埋伏，预留高手如云，也许以他们四人之力，连城门都没看到就要血染长街了。此举必定如飞蛾扑火般有去无回，可这也是唯一能搅乱局面，撕扯开天策部署，掩护更多教众突围的机会。

有些事情，在有些时候，总需要有人去做。

这种事情，概括起来其实就是四个字：赴汤蹈火。很多人是会把这个词挂在嘴边，一年中总要说上几次，对挚友、对师长、对上司，仿佛不铿锵有力地说上几遍，便不足以显示自己的担当。但真正到了需要践行的时候，面对生死抉择，毫不犹豫去赴汤蹈火的人，往往都是那些之前从未留下豪言壮语之人。

莫言笑点点头，将手中光明杵舞了个花，手指皇城方向仰头哈哈大笑道："走走，且随我去敲敲那皇帝老儿的家门去！"

莫言伤扬天大笑，领头朗声念诵道："愿以慈悲眼，普观此世间，愿以慈悲心，普度此世人，愿以慈悲愿，普济万顷田。"

此时被明教教众千呼万唤的陆危楼，正焦灼的与人对峙在长安城外的华山栈道上。一名慈眉善目的老和尚，盘膝坐在他对面不远处，身前躺倒着两名被隔空点住穴道的明教随从。

陆危楼面沉似水，分开教众缓行到老和尚对面，轻弹两指，在数步之外就隔空为下属解开穴道，这精纯的内功着实惊人。陆危楼森然道："身负达摩术，少林不老僧。渡法大师在此，可是要对陆某有所指教？"

灰衣老僧嘿嘿一笑，侧头道："危楼高百尺，手可摘星辰！我们又见面了！老衲和陆教主还有一桩私人恩怨未了，特意在此等候多时呢！"

陆危楼摇头道："所谓君子报仇十年不晚，陆某有急事要回长安，一旦眼前事了，陆某必定亲上少林，带上素斋素酒，聆听大师教诲。"

灰衣僧渡法闻言连连摆手，说道："可别提素食了！俗话说人过七十无肉不饱，我都这把年纪了，还想让我天天吃素，你……你好歹毒的心啊！"

陆危楼抱拳道："大师此来既然是为私人恩怨，那就请大师即刻开示，陆某在何处与大师结怨？"

灰衣僧渡法伸手入行囊，摸出一个巴掌大小的陶钵来捧到身前，伸出食指轻轻一弹钵沿，陶钵里顿时响起一阵高亢的蟋蟀鸣叫声。"当年在枫华谷外，你与我比斗蟋蟀胜我一局，我应诺禁足三十天不得出门，憋闷的我好生难受。后来我才知道，你这小娃娃当时正处在对付唐门与丐帮的关键时刻，怕我坏了你的好事，才用此计令我远离枫华谷。"

渡法得意地笑笑，接着说道："咱们现世报还得快，这只虎头青翅是我发动十几名小和尚，翻遍少林后山才找到的！喏，我给它取名叫那罗延，你去找只蟋蟀来，你若赢了我这只那罗延，我转头回少林，禁足三十天不出门。你若输了，那就在这华山绝壁掏洞结庐，一样禁足三十天不得出行！"

陆危楼深吸口气，沉思片刻先回头唤过一个俊朗少年，低声道："七弟，我近日心神不宁，唯恐长安城内有变，你持我圣火令先回长安，若见到我教中诸护法、法王，令他们等我到后再做打算，而后你在光华门与我会合。"

那少年点头接过圣火令，转头看了看渡法，忽然一腾身直扑渡法而来。他身形极快，渡法不敢小视，用龙抓手应对，谁料这少年方才极快的身法并未使出全力，见渡法出招他身形连转竟然更快，在渡法的龙抓手招式间隙进退如电，竟让渡法一连三抓都落了空！

渡法顿时不敢再托大，两腿从盘膝向天的降魔坐式，换成了右膝曲起，左足半跌更具攻击力自在坐式。渡法左手龙抓手、右手暗运拈花指，凝神应对这轻功骇人的白衣少年。

白衣少年一出手，就逼得渡法凝神接战，他得意地笑笑，朗声道："改日卫七一定要亲上少室山，观一观中州风景！"说完，他抖开袍袖自绝壁间径直跃下，白衣袅袅犹如惊鸿孤雁，于峰峦间穿云破雾而去。

这般轻功连渡法也不由得瞠目道："好轻功！这人难道就是'长风万里'卫家小七？"

第十章

长安城中杀声沸腾，从光华门箭楼之上俯身看去，天策的血红战旗已经从四面紧紧围住大光明寺。坊间的望楼上不停敲打更鼓传递信息，指示方位的火箭不时飞上半空，时而有一蓬蓬的箭雨自街间升空而起，又急速下坠，溅起一阵痛苦的号啕声。

有参军流水般送来战报："报军师得知！匪教君填海等人先逃，在开远门被拦住，君填海受伤被擒，还有几名首脑在逃，少林僧兵已经追下去了！"

朱剑秋将舆图上堆积在大光明寺位置的棋子捡起一枚，随手扔在桌边道："惊弓之鸟而已，落网只在迟早。"

"报军师得知！匪教左护法张戈带一部教寇向北突围，被徐兵马使和纯阳高手拦住，正在恶斗！"朱剑秋点点头，又捏起一枚棋子扔在一旁。

"报军师得知！匪教谷烟河带数十教寇向南突围，被大统领与少林高手拦住，已陷入围攻！"朱剑秋轻舒了一口气，喃喃道："竟然分头突围，我倒是高估了他们。张戈、谷烟河一去，陆危楼爪牙便去了一半。"

"报军师得知！东线唐门弟子生擒匪教厚土旗掌旗使之后……之后说收到掌门严令，不顾拦阻，径自回四川去了！"

大惊之下的朱剑秋一拍桌案，紧紧盯住舆图问道："四法王何在？明教四法王何在？"

"望楼传来消息，四法王向东！冲破阻拦径直冲向……皇城安福门！"

录事参军扔掉炭笔，急声道："南北两线鏖战正急，唐门这般临阵……临阵而走，东线堪忧！为今之计只有通报神策军，让他们拦住四法王！"这参军到底有些城府，没有把临阵脱逃四字说出来，可参战唐门诸人一走，东线坐镇的天策高手便只有秦颐岩一人，明教四法王合力相攻，绝不是他一个人能接得下的！而一旦让明教惊扰了宫门，不管这一战天策立下多大的功劳，不但瞬间化作尘土，还会被严加斥责。

朱剑秋狠狠一拳砸在舆图上，咬牙道："果真是智者千虑必有一失！此时决不能求援于神策军和其他卫府，他们妒羡天策已久，就算肯出手相帮，也一定会先放任四法王冲击宫门，将天策失职之罪坐实了，再出面救驾，来挣这一份力挽狂澜的功劳。拿剑来，我去安福门！"

参军急忙拦阻道："军师不可！您本不以武功见长，再说您去东线之后，谁来主持全局，还是调北线纯阳高手，或南线少林高手往东支援吧。"

朱剑秋斩钉截铁道："不行，那样的话为山九仞功亏一篑，眼看就要把匪教一网打尽，这等于对匪教残余者网开一面！"

参军两手一摊，无奈道："可为保机密，这次围歼匪教邀请的高手本就不多，眼下已无高手可派！"

二楼有人笑道："谁说没有高手？这里就有高手在啊！"三楼诸人低头看去，却是姬别情留下的叶未晓，两手抱胸站在楼梯上，一副跃跃欲试的样子。

诸人连连苦笑，心中暗想那四法王成名许久，曾经踏足藏剑山庄、邀斗天下好手，岂是你这名不见经传的小人物所能抵御的？

叶未晓提高了嗓门道："哎！我说的高手可不是我一个，我说的高手可是我们两个人！"诸人再转头看去，叶未晓一把拉过气喘吁吁的杨宁站到自己身边。"有我们兄弟在，决不让四法王摸到皇城的大门！"

杨宁一路急奔，终于从洛阳赶到长安城外的西山居驿馆。

朱剑秋摇摇头："四大法王成名已久，绝非等闲人物，你这般自负上阵，伤败倒是小事，若是让匪人惊扰皇城，那可就要前功尽弃！"

杨宁上前一步，抱拳道："军师，上者斗智、中者斗术、下者斗力。枪法有云：让其锋、窥其弱、击其惰。杨宁愿意一试！"

朱剑秋凝神望去，楼梯下站立的两个少年正仰视着他，两对眼眸中一样的豪情满满、一样的欲欲跃试，这样的眼神犹如冉冉升起的朝阳，又如欢腾跳跃的火焰，一身的蓬勃朝气。持枪肃立的杨宁身姿挺拔俊朗，比在长安城内初见时，肩膀壮实了许多，他面色沉稳坚毅，看得出两个月天策新兵营的打磨，已经让这个天纵英才的少年,开始显露出真正属于他的锋芒。也许,给这少年一个机会,他就能够石破天惊般,迸射出令整个江湖都惊诧的光彩。

他身边另一个少年,两手抱胸依靠在栏杆上一副懒怠样子,却是满脸玩世不恭的不羁神情,可从他衣袍下紧绷的肌肉就可看出他时刻处于戒备中,就像一头机敏矫捷的豹子。这少年在故作轻松,他表面上给人看到的一切,都是他用来故意迷惑人的假象,他是一个天生的杀手,假以时日,成为他的猎物将是所有人畏惧的噩梦。

这两个性情完全不相同的少年,不知是什么经历竟然令他们成为生死之交,相互信任、互不提防,愿意陪对方勇闯最危险的所在,面对最可怕的敌人。

朱剑秋心底忽然轻松了许多,他预感到今天这一战一定会是场酣畅淋漓的胜仗,两个少年身上的自信、斗志、勇气,将是他最得力的一支奇兵!而今后的江湖,一定会留下他们的故事,成为无数人言谈中的传奇。

朱剑秋点点头,目视杨宁问道:"天策杨宁,你可有盔甲?"

杨宁抱拳应道:"回禀军师,在下刚入天策,还未发放盔甲!"

叶未晓抢上前来,说道:"由此到大光明寺最近的走法不是穿街过巷,是从屋顶上一路直线跳过去,穿戴盔甲跳跃不便,但若没有明显标识,恐怕没赶到大光明寺,就先被自己人射成了筛子!"

朱剑秋略一沉吟,手指窗外道:"天策战旗在此,特令你二人携旗而战，高举军旗速速前往安福门支援！能拦住四法王一炷香时间便是大功，一炷香之后自有援军赶到！"

叶未晓眼角一跳，朱剑秋所指，乃是带有天策徽记的将旗，将旗到处，便是朱剑秋亲临的标志。此旗一旦落入敌手，干系重大，而朱剑秋敢将此旗交付两人，则足见其信任与重视。

杨宁与叶未晓齐齐拱手抱拳，仰头应道："遵命！"

安福门上，一身戎装的神策军统领聂平仲与高力士眼望城外，眉头紧皱。

聂平仲冷哼几声，抱怨道："一帮信教的盲流，也需要调动精锐官军去剿灭，真是太看得起他们了。"

高力士笑道："聂将军心知肚明，明教可不是一般的盲流。"

聂平仲两手抱胸，嗤笑道："朱剑秋妄自号称神算，却连匪首陆危楼不在寺中都不知道，就贸然发起攻击。这般大鱼漏网，捞住再多的杂鱼小虾又有何用？"

高力士摇摇头，叹口气道："这才是朱剑秋的过人之处，先有调虎离山，陆危楼不在，明教高手再多也是一盘散沙，正好一鼓而歼。若是陆危楼在此，率众做困兽之斗，反倒容易被他溃围而出。此时危机骤起，陆危楼若是弃教众就此远遁，那在江湖上从此便身败名裂，无人追随。此时他若猛虎回山，天策扫荡凶顽之后，正好合力击之，陆危楼即便是当世绝顶高手，又撑得住几番车轮战？可惜啊，这样的人才没能为我所用。"

聂平仲冷笑摇头，手指城外道："高将军且看，这一带布防如此单薄，一旦有明教悍匪突入，朱剑秋所谓的十面埋伏阵，必破！"

仿佛就为验证聂平仲所说，巨响声中坊墙坍塌长长一段，身披青、红、蓝、白四种颜色披风的明教教众破壁而出，在运内力席卷碎石砖瓦砸向天策军的同时，挥舞兵刃杀至阵前，根本没有给天策放箭的机会。抢上前竖盾阻拦的天策，被来者以掌力冲击盾面撞得飞起，攒刺的长枪被光明杵架住，来不及变招就被光明钺扫倒在地，身穿白衣者虎吼连连，抱起一根碗口粗的木柱死死抵住面前的天策，竟然以一己之力，逼的一整队天策连连后退，正是舍命来战的莫家兄弟。压阵的秦颐岩与郭炜各操铜枪，挺身迎上，与明教四法王激斗在一处。

聂平仲看了看局面，笑道："高将军，看来今天末将有幸，要瞻仰您的清风指大显神威了，我看这姓秦的挺不过半炷香去。"

高力士笑笑道："嗯，指伏四魔，刀护皇城，这倒是一段佳话。"

鞭铜之间的区别，在于鞭有横节而铜有竖棱，秦颐岩手中的一对瓦面金装铜，正是当年祖上所持打遍黄河两岸，降服山东六府、定瓦岗、破杨林的家传之宝。与秦颐岩打在一起的，则是同样手持一对击打法器做兵刃的，明教广博多闻通晓法王莫言笑。莫言笑用一对精钢莲花吉祥杵，利用杵头两朵莲花，使出双锤的招法，以力斗力，以拙克拙，在激烈的铿锵碰撞中，压制住秦颐岩的一路狂风吹沙铜法。

另一边清净普惠仁善法王莫言伤，与精进锋锐克难法王莫言败两人联手，利用身法跃高伏低往复奔走，牵制住百余结阵的天策军士，奋力将天策军阵与秦颐岩隔开。而同样被分隔各自为战的，还有天策府校尉郭炜，他面对的是刻意选他做对手的长生厚润安泰法王莫言急。

四法王这样分派布置，并非临时起意，而是方才藏伏在坊墙后商议的结果，郭炜是他们选定的第一个猎物，也是打破此次围攻大光明寺重围的唯一突破口。

以四法王的见识与阅历，在江湖中均属一等一，在陆危楼座下，能号令明教数万教众之人，自然绝非等闲之辈。天策府奇袭大光明寺，布局不可谓不严谨、出手不可谓不迅捷，但再周密的筹谋、再精妙的部署，都会有相对薄弱的一环。四法王判断，天策府十面埋伏，最薄弱处就在东线安福门前，而安福门前这处战场中，最薄弱处就在郭炜身上！

世间兵刃林林总总，层出不穷，就如同天地间万物，也有相生相克的道理在其中。譬如獴降蛇、鹞食雀，乃是天性；兵刃中以勾镶破弯刀、铁戟破铜锤，也极为轻巧容易。善用长枪者，对战短者刀剑、长者杆棒皆有优势，唯独对战钩镰枪时，应对颇难。但这些以专门克制某种兵刃而生的奇门兵刃，往往只对某一种兵刃有奇效，应对其他兵刃时则威力平平甚至更有破绽。所以隋末天下英雄争锋时，北平罗家以一柄钩镰枪败尽天下用枪高手，却仍只能偏安一隅。

而莫言急在教中所持的法器，便是前有锥尖侧有勾镰的长杆光明杵，他结合明教武功自创一路招法，破世间各路枪法颇为得手。所以莫家其他三兄弟钳制天策军阵、压制秦颐岩的目的，就是为了一起给莫言急争取时间。

只要莫言急能尽快得手，利用兵刃上的优势迅速先放倒郭炜，他就可以回身帮助莫言笑，两人以二对一联手，就可以从容格杀秦颐岩。到时候东线天策群龙无首，更兼主将身死必然士气大降，后果无非是被明教众人追逐杀之，或一哄而散。

所以东线天策军虽有数百人，领军大将虽然是秦颐岩，但郭炜才是此战胜败的关键，更是天策府部署的唯一弱点，也是四法王选定的首要格杀目标。只要莫言急能在十招之内得手，四法王冲击皇城的机率便在五成之上，再集合大光明寺内教众，反戈一击都有胜算！

长枪为刚，崩、劈、挑、抖；勾镰为柔，沾、连、挂、随。莫言急的长杆光明杵用钩镰枪法第一招就划伤了郭炜的手腕，第二招兜头勾挂，扯掉了郭炜的青铜虎头右护肩，露出鲜血淋漓的一条臂膀。两招刚过，郭炜便受重伤，他后退两步，将长枪横在手中，略作犹豫再退两步，竟然一时气夺。

旁边秦颐岩余光扫到郭炜败落，稍稍分心，被莫言笑的精钢莲花杵接连硬砸在双锏之上，胸口气血翻涌连退两步，险些一跤坐倒在地。

莫言败纵声长啸："兄弟，取了他们的狗命！"

郭炜咬牙挺枪再战，被莫言急旋身变招勾住两腿，扯倒在地，狞笑中莫言急两手竖枪，戳刺郭炜的前胸。

远远的一块瓦片挂着风声砸向莫言急，只听一声喝："恶贼看枪！天策杨宁在此！"

不知何时，天空中的乌云裂开一道缝隙，阳光顺着云缝照射下来，给四周的淡墨色云团套上一圈金边，雨丝也悄无声息的消失。阳光下一名少年踩着屋脊大步跑来，他右手提枪，左手高举一面没有旗杆的血红色天策战旗，沿着屋脊飞跑，整个人笼罩在阳光中，仿佛罩上了一层金色甲胄。

少年足踏檐角高高跃起，半空中将血红色战旗当作护肩围巾，缠在自己脖颈之间，腾出双手握枪自上而下劈刺莫言急。莫言急挺光明杵横勾镰架住来枪，趁势推锋用勾镰横割杨宁前手，这是方才一照面就重伤郭炜的招法，用来照方抓药对付杨宁。

杨宁竟然也被这一招吃住，他面色惊慌连忙缩手，竟然放开前手，单手抓住枪尾大步后退。莫言急欺他长枪受克，又是单手握枪门户大开，进步急追直刺杨宁前胸。杨宁单手持枪更加力弱，拨不开对方的双手攒刺，只得脚下发力大步向后再退，以避开莫言急的锋芒。眼看枪锋距离杨宁身体不过数寸，莫言急两脚发力腾身前刺，身形如猛虎跃涧一般合身扑上，誓要在这一招间取了杨宁性命，夺下这少年身上的天策战旗！

所有人都眼看着杨宁在莫言的攻势下连连后退，左手在外胡乱挥舞已全无章法，他右手单持枪尾，匆忙后退间步履踉跄向后仰倒，败势已现。

枪之节，在于收发。收如盘蛇，发如雷霆。若只收不发则是攻而不胜，若尽发而不收则是强弩之末。

天策枪法分铁牢、傲血两套，铁牢善守、傲血善攻。但铁牢枪法绝非守而不攻，而是攻其不备。铁牢枪法中单有一路名叫"坚韧"的败式枪法。败式枪法并非此枪法必败，而是以败式诱敌，出枪反噬，扭转乾坤！

急于取杨宁性命的莫言急赫然发现，杨宁借后跌之势仰身躲开自己的勾镰，同时他右腿搭在自己长枪之上，巧妙地形成一个支架，雪月枪自膝窝下陡然刺出。这一枪向上挑刺，从一个非常诡异的角度迎上扑来的莫言急，瞬间就在他左胸上撕开一道寸许深的伤口。莫言急咆哮收枪,要劈砸杨宁,杨宁右手放开,雪月枪自膝窝飞出,半空中被他的左手牢牢抓住,换成左手单手持枪,拧腕翻刺,竟一枪戳入莫言急小腹。

回马枪!关前走马取金提,退步腾手挑敌酋!

这一枪正中要害,以雪月枪的锋利,枪尖穿豆腐般轻易自莫言急背后穿出,枪刃上的锯齿瞬间将他腹内脏器割绞的一塌糊涂。莫言急小腹剧痛,心中却电光火石般回想起一件旧事。当年他在藏剑山庄夺剑时,曾在少庄主叶英面前立誓,若自己食言就丧生于长枪之下。他本想藏剑山庄之人都是用剑不用枪,自己这路武功又是善克长枪,食言也无妨,违约又能如何,却不想一语成谶,报应竟在今日应验。

莫言笑距离莫言急最近,悲呼中举精钢莲花吉祥杵扑上来,疯虎般扑向杨宁。杨宁一声冷笑,高喝道:"叶未晓去帮秦统领,郭校尉指挥阵法拦住那穿红袍的!"同时自己弓步捧枪,摆开四夷宾服式凝神应对。

杨宁明白,凭自己实力,若是郑重其事与明教四大法王中任何一个相对,恐怕不经过一两百招难分胜负,而且胜负之数也在五五之间,更何况此功败垂成之际,要的不是胜负,而是生死。

所以一开始杨宁就打定主意,决不能像先前邀斗王遗风那样以武论武,而是要用奇谋、设诈计、施手段,想尽一切办法杀敌。这不是江湖动手,这是生死场上的搏命战,就如同之前的铁牢厮杀,都是一场没有胜者,只有幸存者的绝杀之战!

面对莫言笑疯虎般的劈砸,杨宁施展枪法拨、挡、弹、引,护住周身且战且退。可杨宁退却的路线却并非直线,而是有意围绕着躺倒在血泊中的莫言急尸身转圈，故意让莫言笑时时刻刻目睹自家兄弟横尸长安街头的惨状。

血迹斑斑、怒目未瞑、亲生兄弟的尸身就躺在自己眼前。四十年兄弟亲情，一朝撒手而去。虽然四兄弟在决意冲击安福门牵制天策主力时，就已经心存舍弃自我、献身明尊的意愿。但当这一幕真的发生，看着同胞兄弟的尸身冷冰冰躺在身边，满身血污两眼未闭，谁又能安心对敌？又如何使得出纯属招法、精妙招式？

长枪隔着莫言急的遗体，再一次刺向莫言笑两腿，枪锋上还未甩脱的污血在他眼前晃动，莫言笑双目紧盯枪锋，所见却是地上兄弟的尸身，这一向喜欢诙谐笑闹的四弟血灌瞳仁，眼眦迸裂。一腔怨恨，化作连声不断的虎吼。

莫言笑控制不住自己体内真气的流转，他双臂颤抖咆哮着冲向杨宁，不顾一切誓要与他同归于尽！他已经因怒极而乱了方寸。

天策枪法始于军阵，枪术进退中更讲求谋略。以尸诱敌乃是宿将们临敌时的惯用伎俩，选敌方有名将领的尸身、战旗，或粮仓等重要物件，或弃置明处，或重兵包围，吸引敌方来援，再在暗中埋伏精锐之士伏击援军，往往屡试不爽。杨宁在枪挑莫言急的同时，就已经想好了，要用他来做对付下一个对手的诱饵，诱杀！

孙子兵法所记有诡道十二法，其中便有兵法"怒而扰之"，这是对付敌方勇将、猛士的不二法门！

莫言笑躁怒愤恨中，出招急迫，招式间破绽乍现。"龙牙苍生血尽红！"雪月枪抓住一闪即逝的机会，犹如嗜血的巨蟒从不可思议的角度刺出，第一击挑断莫言笑的右腕，第二击割过莫言笑的前胸，第三击枪锋回颤，借助枪杆的弹性横撩咽喉，干净利索挑飞莫言笑的头颅。无头尸身双膝一软，跪倒在自己兄弟的尸身上。

此时四大法王半数夭折在杨宁枪下，而郭炜早已被莫言伤以掌力打飞昏迷不醒，秦颐岩在莫言伤与莫言败全力合击之下，苦撑不住吐血连连，被叶未晓拼命护住大步退向战团之外。

莫言伤与莫言败面色悲戚，咬牙切齿一左一右缓缓逼近杨宁。

法王尚有两人，而此时此刻，站在皇城门前阻挡明教的天策高手，就只剩下杨宁一个！

前番两场硬仗，迫于形势杨宁没有与对手耗时费力的拆招，而是直接寻求最简洁、最有效的手段击倒对方，这与长时间的缠斗相比，更加耗费精力。因为这需要杨宁将全部精气神凝聚于长枪之上，心到眼到，眼到枪到，差不得一丝一毫，刹那之误即是生死之别。

杨宁手拄长枪大口喘息，他身上汗出如浆，连裹在外边的天策战旗都被洇湿。远处的叶未晓扶住身受重伤，站立不稳摇摇欲坠的秦颐岩，他高声叫道：“兄弟别拼命！要用脑子！用脑子跟他们斗！”

杨宁用眼角余光分辨一下，身后百余步就是安福门，已经无地再退了。而明教两法王合力来攻，绝对是他难以招架的局面，他甩甩额头淌下的汗珠，高高擎起雪月枪，张口大吼道："天策袍泽们！来与我并肩克敌，枪挑此獠！"

数名天策战士持枪跑出几步，猛然停步回望向秦颐岩，天策军纪森严，未得主将命令岂敢临阵擅动。

秦颐岩猛地站稳身子，大声道："天枪营听令！诸人都受杨宁调遣，尽诛匪教！"

先跑出去的天策手举长枪振臂高呼道："杀啊！长枪在手！永守大唐！"

"长枪在手！永守大唐！"一声声战吼从天策军士的喉咙中喷出，渐渐汇聚成一股洪流，向安福门席卷而来。

杨宁手指自己对面穿红袍的莫言败喝道："结九襄地玄阵！身随枪转，人为枪蔽，三连刺！"

随着杨宁一声令下，百余名天策军士迅速持枪冲上，在莫言败身后结阵，前排军士前冲两步挺枪突刺，紧接着后面两排军士从前排袍泽的头上越过，半空中挺枪突刺，再后面还有两排军士高高跃起，灵猿般敏捷的越过前面军士，长枪从半空中向下戳刺。军阵瞬间如同一个滚进的大刺猬，百余杆长枪挤挤挨挨却整齐划一的轮番刺向莫言败，逼退之余更将他的去路封住，瞬间便将他与杨宁分隔开来。

莫言伤双眼泪淌不停，右手挥动光明钺，左手劈空掌，猛扑杨宁。杨宁咬牙运功撑住，接架兵刃的同时硬撑对方隔空劈来的掌力，独力挡在莫言伤面前。杨宁所用这一路枪法，却是虚实结合，只见枪花朵朵、锋刃寒光闪闪，封住对方的去路，却少有专攻的杀招。腾出些许精力来的杨宁，则高声喊出天策平日演练阵法所用的枪势，遥控天枪营所结枪阵与另一边的莫言败周旋。

"穿云式，前崩挂！定军式，点中平！折冲枪，断前手！"在杨宁的呼喝指挥下，天枪营百人枪阵发动起来，步履整齐动作划一，百余根长枪如臂使指，与莫言败周旋，死死将他困住。

再过得十几招,随着相互间配合纯熟,这百余支长枪组成的军阵,有如一架严密整齐的机器,进退有度、杀法凶悍,莫言败应对渐渐吃力起来。

少年激扬的呼喝声,响彻巍巍皇城,回应他每一声呼喝的,都是天枪营百余战士齐齐的战吼:"杀!"杀气升腾,雨水冲洗过的山文铠甲叶明亮,映衬着锋利锃亮的枪锋,带着烈火般的斗志,将敌人一步步逼退。

而一心两用的杨宁,凭着本能反应展开铁牢枪法,将周身上下守得滴水不漏,偶尔看准机会反攻莫言伤,枪锋如电如风,一时间竟与莫言伤斗得不相上下。

眼见胜利的天平逐渐倒向对方,莫言伤再无心与杨宁纠缠,他光明钺虚劈一记竟然转头就走!莫言败也在一旁遥遥高呼道:"兄弟先走,他日你卷土重来踏平天策为我报仇!"

杨宁微微一愣,起脚便追。莫言伤不敢原路退回,索性折身往北,只见他施展轻功左脚一跺坊墙,身子高高跃起,却不借势远走,反而在半空中运起日月凌天身法,将全部功力运在右臂奋力一喝,将沉重的紫铜光明钺当成一柄手斧,竟远远向安福门投掷过去!这是诈败!他是要引开杨宁!

四法王本次飞蛾扑火般的突围,只为一件事:叩击皇城。现如今不仅生路全无,连得手的机会也愈见渺茫,莫言伤索性孤注一掷,假作不敌逃走,换位到杨宁侧面,倾尽全力不惜门户大开,即便拼上性命也要做博浪一击!

杨宁枪刃尽出急追莫言伤,雪月枪在半空中自莫言伤肋下钻入,肩井处钻出,枪锋两刃上左七右八十五颗虎齿,最善撕摞血肉,瞬间将莫言伤的整条右臂连同右肩一起,扯断离体。

可此时已晚！光明钺打着旋儿径直飞向黄澄澄的宫门！有持弓的天策就要扣箭追射，被秦颐岩一把拦住，此时天策在宫门外，若以弓箭追射，万一不中，羽箭必然会飞跃宫墙落进皇城之内！于是宫墙上下，高力士、聂平仲、秦颐岩、杨宁等人，只能眼睁睁看着光明钺砸向皇城安福门！近千人的精锐、三派高手，竟然还是没拦住明教的垂死一击。

一条青色身影犹如惊鸿，骤然乍现在光明钺之下，只见来人半空中甩手抛出一根钢丝，缠住光明钺的手柄，正是一直在旁观战的叶未晓。

莫言伤临死一抛，运四十年修为绝非等闲，光明钺虽然被钢丝缠住，却去势未竭，竟拉动叶未晓消瘦的身子在地面上拖行。直至拖出十余尺，才在距离城门几步远的地方堪堪落下。咣当一声重重砸在地面。

叶未晓慢慢坐起身子，一手捻动着因为扣抓地面石缝而弄疼的手指，一手拎起光明钺，压在自己屁股底下，说道："幸好早晨多吃了些牛肉与面饼，分量比平日多出几两。侥幸！侥幸！"

此时安福门外战场大局已定，企图突围叩宫的明教四法王，有三人死在杨宁枪下，只剩精进锋锐克难法王莫言败，孑然一身，深陷重围。

随着光明钺落地，被杨宁指挥枪阵逼迫住的莫言败，身子连晃几晃，一瞬间几乎所有的战意与自信都被抽离。他扔下手中兵刃，踉踉跄跄斜行几步，疯癫般仰天大笑，笑声中泪流纷纷。

"我四兄弟本是西域龟兹大姓，当年初见陆危楼便被其折服，追随他入关踏足中原。本想成就一番功业，可是啊……四十年同胞兄弟，还未能修得光明彼岸，却尽数丧命于此！功亏一篑，功亏一篑啊，这难道就是明尊的安排？"

莫言败脚步蹒跚向杨宁前行几步，手指杨宁长叹一声道："少年人，你叫什么名字？你从何而来？"

"在下天策杨宁，"杨宁顿了顿，竖起雪月长枪在地上重重一戳，说道，"我为守护大唐而来。"杨宁身后结阵的百余天枪营将士同时动作，整齐的竖枪，重重戳在地上，甲叶碰撞声中，扬起一声杀气十足的战吼："长枪在手，永守大唐！"

莫言败连连苦笑，缓缓道："我也是唐人……我并不想毁掉大唐，我也想要一个更好的大唐。"他揉了揉因为拼杀而脱力的右臂，放眼看去，对面的少年虽然面有疲色，却是眼眸清澈意气风发，看年纪他也许刚刚弱冠，却在气势上已经隐隐有了渊停岳峙的宗师风范。而身后那些与他同样年纪的年轻人，握持着与他同样的长枪，同样的蓬勃朝气，骄傲地站在他身后，徐如林、止如山。

莫言败摇摇头，低声道："少年人，我成全你一战成名，你来帮我兵解吧，别让我像条狗一样，蜷缩在牢狱之中。我是伴刀剑而生的江湖人，请你保留我江湖人最后的尊严。就用你最拿手的招式、最快的出手，来刺我。"

在杨宁的诧异中，莫言败自颈中摘下光明珠串，盘在掌心低声念诵道："首开光明目，能辨识善恶；二开光明耳，能闻无上法；三开光明鼻，得受甘苦味；四开光明口，且度贫苦众……"

杨宁点点头，握枪抱拳道："莫老前辈，那晚辈得罪了！

愿四位前辈早得解脱！"言毕杨宁跨步出枪，一招疾风突，长枪锋芒暴涨，瞬间刺透莫言败的前胸，接着杨宁翻腕抽枪，枪锋从莫言败身体中抽离，带出泼天的血雨。

莫言败呻吟一声，面色却归于平静，他缓缓抬起右手捏法诀道："我看到你……明尊让我看到，焚灭大唐的业火已经燃起，从北方席卷而来……你孤身阻挡，就在这里……终成灰烬……"

东线意图冲击皇城的明教高手被尽歼于安福门下，所有天策府将士，连同伤者无不激动，刚直的长枪被举向天空，无数个年轻喉咙兴奋大吼着："天策不败！天策不败！长枪在手，永守大唐！"

单枪守皇城，雪月挑法王。以枪为生的少年，终究以长枪为笔，在磅礴江湖中，写下属于自己的精彩故事。而有关于对手的传说、经历、名望，都成为胜者荣耀中的一部分，犹如衬托圆月的璀璨繁星。

在此之前，他只是一个倔强孤单、刚直如枪的少年；在此之后，他将是叱咤四宇、受人敬仰的英雄。当长枪一次次将挡在他人生路上的劫难刺穿，将横逆而来的危机挑落，留给他的，必然是千里长风，万里平川！

杨宁被数十名天枪营军士围住，高高抛举起来。城楼上高力士与聂平仲俯视着楼下欢呼胜利的诸人，不可置信地摇摇头。一个名不见经传的少年，如何以一己之力扛下了明教四大护教法王的进攻，居然一整营的天策军士，都愿意接受他的指挥，高力士甚至都不知道这少年是从何加入天策的。天策这个组织，难道就有这么强的感召力与战力？能让无数热血少年甘心情愿为它集结在一起，为他披甲持锐，为他舍弃生命也在所不惜？

大光明寺几乎变成残垣断壁的废墟，高耸的圣殿坍塌小半，长廊上留下累累兵器印痕，深陷木柱与窗棂的羽箭随处可见，石板地上血迹斑驳，踩上去就黏住鞋底，呻吟声夹杂着抽泣声此起彼伏。徐长海带着蒙面只露双眼的慕青青，在受伤被俘的明教教众之中穿行辨认首脑人物，李承恩与朱剑秋并肩坐在石阶上，看着军医给躺在担架上的秦颐岩包裹伤口。

"陆危楼果真是一代人杰，"朱剑秋摇头道，"居然突破我设置的重重阻碍，回到长安城来。他既没有怒不可遏地杀进大光明寺来，也没有心生畏惧调头逃走，而是在亲自断后，收拢明教残余教匪向西突围。并且利用我们布局上唯一的弱点，充分发挥他武功卓绝的优势，一对一交手连败卓凤鸣和两位少林澄字辈高僧。又赶在我召集众人围攻他之前，安然而退。而谢渊、祁进在击杀铁翼之后下落不明，这一仗，咱们没赢。"

李承恩望着远处在伤者群中识别明教高层人物的徐长海，摇摇头道："可仅仅据现在禀报上来的消息，明教左右护法毙命、四大法王毙命、五行旗使中有两人毙命、一人生擒，五散人下落不明，十二尊者除当场格杀的五人外，其余尽在藏经阁自焚而死。明教首脑人物自教主以下，可以说被此战一网打尽，陆危楼仅以身免。匪首丧胆而逃，骨干竭尽伏诛，这一战我们也没输啊。"

李承恩冷笑道："更何况，今日大光明寺一战的消息，不日就会传遍大江南北，用不了三五天，明教各地分坛，就会变成一大块肥肉，被围扑上来的各路势力分食干净。明教自此必然一蹶不振，覆灭也不过是朝夕之间的事情了。"

远处传来脚步声声，是杨宁与叶未晓并肩大步走来。杨宁将裹在脖颈上的天策战旗解下，双手捧给朱剑秋，朗声道："天策杨宁，奉军师令守护安福门，现明教四法王已伏诛，安福门安然无恙。杨宁回来向军师交令。"

两个少年并肩站在一起，犹如两团升腾的熊熊火焰，发光发热，仿佛随时随地都能成为席卷大地的一片热浪。

秦颐岩躺在担架上，使劲向上抬起头，望着杨宁道："嗯，这股劲，真像。"

立在旁边的徐长海两手抱胸，微笑道："像！当然像了，真像。"

李承恩饶有兴趣的目视杨宁，点头道："嗯，像吗？"

朱剑秋愣了愣，随即大笑道："像，当然像啊！他们是父子嘛！"

徐长海悄然在李承恩耳边道："你还发愁总教头的人选吗？"

尾 声

　　不知道是因为阴云密布，还是因为长夜无星，就是黑漆漆看不见东西。可是却能清晰无比的看见杨宁身上插着数只羽箭，盔甲上满是血污，背后披风被撕扯的残破不堪，雪月长枪也没握在手里，他就这样站在无边的黑影里，轻飘飘的就像飘浮在半空。

　　刘梦阳猛然从梦中惊醒，自己的心跳声犹如鸣鼓，清晰地传进耳朵里，她大口喘着气，抬手一抹额头，满是汗水。刘梦阳急忙从椅子上起身，看向外屋，满桌的饭菜未动，油灯却暗淡了许多。

　　她长叹一声，深吸几口气，平复了一番被噩梦惊扰的心绪，走到桌前从脑后拔出木簪，将灯芯挑亮些，坐在桌前等杨宁回来。

　　十年须臾间，明月照旧人。

　　十年来多少俊朗少年看淡恩怨，寻一处安静的小山村娶妻生子，曾经紧握刀剑的手，被柴刀、锄头磨出了茧子。十年来多少风姿侠女，锁起当年不离身的披风与宝剑，拈起针线与厨刀。

也许当年的鲜衣怒马仍在，当年的江湖依旧海阔天空，可人不再是当年心。再说起当年，万事过眼也就只剩得三个字："来，喝酒。"

约莫过了一盏茶的时间，院门响动、马蹄得得，杨宁推开屋门走进来。刘梦阳连忙起身迎上去，一手接过杨宁的头盔一手接过披风，转身挂在木架上，顺手摘下布巾回身递过来，塞进刚好净完手的杨宁手中，在杨宁抬起两臂擦手的工夫，她自背后把手从他肋下伸进去，解下他的束甲腰带挂上木架。

"下午军士来说，徐长海将军请你过去议事，我还以为你掌灯前就能回来的。"刘梦阳一边摆整杯盘，一边轻声道。

杨宁叹口气，坐在桌前看着面前的酒杯毫无食欲，愣了片刻后，他忽然开口道："河北一带的酒、醋、盐价，都大涨了两成。"

这句话说得没来由，乍一听是一个天策府大将居然关心起柴米油盐来。可刘梦阳却明白自己丈夫言语中的含义，面色登时一变。

杨宁这句话的含义是：河北诸州，正在暗地里大批量的准备军合！所以才引得这些原料价格大涨。

军合是唐军行军作战时的一种军粮，用米蒸成七分熟，拌以烧酒、盐末、醋等调味，再紧紧压制成四方形盒状，风干后用棉纸包裹捆好即可。这种军粮容易携带、搬运方便、食用简单，随处支上一口大锅，待烧开了水就敲碎几块投放进去，水开即食，稠稀自选，是唐军中最常见也是必备的行军粮。

河北三镇节度使安禄山为什么要大做军合？

军合做好之后，是用来对付谁的？

答案已经昭然若揭。

夫妻两人对坐桌前，半晌无话。刘梦阳想缓和一下气氛，强自笑道："你那义弟叶未晓来信了，说月初寄来的他与慕青青成婚的请柬改期了。婚期改到何时还未定，届时再寄请柬，请咱们去观礼。"

杨宁也忍不住笑了笑。"那准备好的礼物还是留着吧，我怕他马上又要有新请柬寄过来了。"

屋外有卫兵前来禀事，说府外有陌生人求见杨将军。

杨宁一愣，卫兵挺直腰杆道："来人身高七尺过半、国字脸、浓眉、宽肩、手长腰细、身板健壮有力，应该是常年习武之人！说是从北地来，是将军旧人！"

杨宁点点头，命卫兵前行带他去见来人。刘梦阳走到屋门口，停步想了想，疾步走回来打开长柜，取出一个三尺长的锦盒，掀开盒盖里面一柄带鞘青锋宝剑。刘梦阳将宝剑藏在身后，急匆匆追了上去。

她远远跟在杨宁身后，看杨宁见来人后面露犹疑神色，似乎并不熟识，直到来人从怀中取出一物递给杨宁看，杨宁方才点点头，收拢了戒备之心。可此后不论来人如何低声言语，杨宁就是连连摇头。最后刘梦阳依稀听到杨宁一字一顿道："请回告少将军，当年在王悔老将军坟前誓言，杨某一直记忆犹新，日后他若有违誓言，我便与他划地绝交再不相认！"

叶未晓第一次觉得惧怕，长时间的骑马疾驰，让他胸膛里犹如燃着了一团火，烤燎着咽喉与鼻腔，几乎就要燃起青烟来。可他却丝毫不敢歇息，他必须以最快的速度过河，回到黄河南岸，因为整个黄河以北都已经不安全了！

几乎一夜之间，凌雪阁在河北的暗桩被全部拔除，有的暗桩是被范阳节度使府牙兵所破，有的却根本就是被自己人反戈一击。截杀、埋伏、背叛、暗算，一次次刺激着叶未晓的神经，他已经快要撑不住了。整个黄河以北，叶未晓竟再也找不到一个完全可信之人。

此时的他，就像一个溺水之人，挣扎在无底的深潭之中。

叶未晓见识过河北军的军容锋芒，也知道在河北军身后的中原，一直被守护的那些州府，已经承平百年未见刀兵，平日里郡兵们连盔甲都懒得披挂。一旦河北三镇调头反戈一击，必然会如摧枯拉朽般，短时期内战火就将席卷半个大唐疆域。

没时间来铭记恩仇、也顾不得荣辱名声，叶未晓需要用最短的时间，走最直接的路线赶回洛阳，告诉自己的好兄弟杨宁，安禄山反了！河北三镇反了！大唐精锐边军的三分之一反了！这绝不是玩笑，更不是流言，这是马上就要以血火写就的事实！

前路山腰上，现出一座简陋的寺院，叶未晓不愿惊动僧人泄露行踪，便在寺外捡一处青草茂盛的地方拴好马，自己翻墙而入。

这座庙供奉北方真武荡魔天尊，只有一间正殿、东西两座偏殿。叶未晓步履轻轻小心翼翼，先窥视过西殿与正殿，都是空寂无人，东殿里却有几处水渍未干，青砖地上留下的炭火灰烬还烫手。

叶未晓警觉的缓缓立起身子，冲木柱后的阴影低喝道："别鬼鬼祟祟的，滚出来！"

阴影中缓缓走出三人，却都是手持长枪。叶未晓心下一沉，江湖人士多用刀剑，只有从军者练习枪槊之术，在此地现身的用枪者，定是河北节度使府派出来截杀他的牙兵。

叶未晓挥手斜抽钢丝，钢丝锋利如剑，先声夺人的将木柱抽砍的木屑纷飞。阴影中的三人，为首者身材纤细，开口淡淡道："来者可是号称游丝飞絮无影剑的叶哥儿？"

叶未晓一愣，冷冷道："你又是何人？"

对方缓缓道："朋友，你可以相信的朋友。"

叶未晓冷笑几声："现在在这里，我已经没有可信的朋友了。"

对方缓步从阴影中走出，竟是一位身穿劲装的秀眉女子，她将掌中短枪竖起，向叶未晓抱拳道："长枪在手，永守大唐。在下天策曹雪阳！"

请期待《催枪问谁肆·战北邙》

本小说改编自《剑侠情缘网络版叁》网络游戏。

版权归西山居所有，未经西山居授权，任何人不得自行或授权任何第三方对本产品进行修改、制作、销售、复制、伪造等或任何其他类似行为。西山居保留所有对任何侵权采取法律措施的权利。

图书在版编目（CIP）数据

催枪问谁. 叁 / 慕容无言, 剑网3项目组著. —— 北京：新星出版社, 2019.6
ISBN 978-7-5133-3482-2

Ⅰ. ①催… Ⅱ. ①慕… ②剑… Ⅲ. ①长篇小说－中国－当代 Ⅳ. ①I247.5

中国版本图书馆CIP数据核字(2018)第303475号

催枪问谁·叁

慕容无言, 剑网3项目组著

策划编辑：	陈 曦　张泰亚
责任编辑：	汪 欣
特约编辑：	王奋仪
责任印制：	李珊珊
美术编辑：	张 慧
封面插画：	山 魂
装帧设计：	阿 鬼

出版发行：	新星出版社
出 版 人：	马汝军
社　　址：	北京市西城区车公庄大街丙3号楼　100044
网　　址：	www.newstarpress.com
电　　话：	010-88310888
传　　真：	010-65270449
法律顾问：	北京市岳成律师事务所

读者服务：	010-88310811　service@newstarpress.com
邮购地址：	北京市西城区车公庄大街丙3号楼　100044

印　　刷：	北京天恒嘉业印刷有限公司
开　　本：	910mm×1230mm　1/32
印　　张：	7.25
字　　数：	157千
版　　次：	2019年6月第一版　2019年6月第一次印刷
书　　号：	ISBN 978-7-5133-3482-2
定　　价：	42.00元

版权专有，侵权必究；如有质量问题，请与印刷厂联系调换。